「こういうの、僕じゃなかったら、たぶん誤解するよ」
「また誤解か」
「僕はしないけど」
（本文より）

狙撃手武藤啓吾の華麗な流儀

遠野春日
イラスト／円陣闇丸

この物語はフィクションであり、実際の人物・
団体・事件等とは、一切関係ありません。

CONTENTS

狙撃手の休暇
～アンダマン海の真珠にて～

『アンダマン海の真珠』と称されるプーケットを訪れたのは、二年ぶりだ。

プーケットタウンから車で五分ほどの距離にあるランヒルと呼ばれる高台に立ち、眼下に広がる街並みや、そのさらに向こうに広がる東岸の海を眺める。

風が心地よかった。

昨日までいた日本は、薄手のコートが一枚ないと肌寒さを感じるくらいだったが、こちらは常夏《とこなつ》だ。日中は三十度を超えてぐんぐん気温が高くなる。

東京で一仕事終えたあと、武藤《むとう》は成田《なりた》から飛んでバンコクに入り、プーケット行きの便に乗り継いだ。依頼を果たすごとに骨休めするのが武藤の流儀だ。登山に出掛けることもあれば、秘境を訪れて原住民の住む村にしばらく滞在させてもらったこともある。今回は海の見える場所で寛ぎたくて、十日から二週間程度のんびりするつもりでここに来た。

日本での仕事は想像以上に楽しく、有意義だった。ターゲットが東日本最大の組織、川口組《かわぐちぐみ》の若頭だと聞き、そういう大物が相手なら血が沸きそうだと思って依頼を受けたのだが、単に引き金を引くだけでは終わらず、ちょっとした交流までできた。

元来、武藤は駆け引きには興味がなく、仕事の受け方も極めてシンプルだ。こちらの言い値を払ってもらえるか否か。要するに金次第ということだ。金さえ用意できるなら依頼人がどこの誰であってもかまわない。ターゲットについては徹底的に調べるが、依頼人との関係や事情には関与しない。どんなつまらない仕事であろうと、武藤は基本断らないことにしている。つまらない分、ふっかけさせてもらうだけだ。すると、向こうから無理だと依頼を取り下げられることが増える。そのくらいでちょうどいい。

金は、依頼人の本気度を測る格好のバロメーターだ。

人一人死に至らしめてくれと頼んでくるからには、それなりの覚悟があるはずだ。だから、たとえ未成年の子供からの依頼であろうともそれなりの謝礼を求めるし、払えないなら「他を当たれ」と断る。破産して無一文になったホームレスが、卑劣かつ非道な手段で自分を陥《おとし》れた相手に報復したいと言ってきたとしても、大富豪の権力者からの依頼を聞くときと対応は同じだ。

武藤自身に主義や主張はない。

たまたま射撃の才能に恵まれたので、それを生かせる職業の一つとして今の仕事を選んだ。自衛隊で武器の扱い方を修得したあと、海外に渡って外人部隊に所属する傭兵《ようへい》になった。そこで数年、訓練と実戦に明け暮れる過酷な状況に身を置き、狙撃手としての腕を磨《みが》いてきた。肉体と精神を鍛《きた》え上げ、高度なスキルを身につけるにはこれ以上ない環境だったと言える。

プロフェッショナルな兵士揃いの傭兵部隊で得たものは大きかった。郷《ごう》に入《い》っては郷に従えがモットーなので、規律だらけの軍隊生活も苦ではなく、様々な国籍の連中とうまくやっていけていたと思う。裏社会との繋がりができたのも、ここで知り合った人物を軸としてだ。

除隊後はどこの組織にも属さず、定住もせず、世界各地を気ままに渡り歩きながら、依頼があれば狙撃の仕事を受けている。一つ仕事をこなすたびに、武藤の評判は密かに上がっていき、依頼人には事欠かない。世の中には荒っぽい手段でカタをつけたがる人間が結構いるものだ。蛇《じゃ》の道は蛇《へび》で、そうした依頼人たちは伝手《つて》を辿って武藤に連絡してくる。中には、昔の上司が武藤の現在の仕事を承知した上で間に立つというイレギュラーな案件もあったが、どんな経緯での依頼にせよ武藤のルールは一つだ。今回の日本での仕事も、条件が満たされていたから引き受けた。

それにしても、あの若頭は実に痛快で小気味がよかった。またいつかどこかで縁があればいい。仕事上で知り合った相手にこんな気持ちになったのは初めてだ。若頭と特別な関係にあるらしき弁護士も、おとなしそうな見かけによらず毅然《きぜん》とした態度や物言いをする気の強さが好ましかった。二人との会話は、緊張感に満ちたキャッチボールをしているようで、思い出しては口元が綻《ほころ》ぶ。なんとなく、彼らとはこれで終わりだという気がしない。そのうち思いがけないところでばったり顔を合わせそうな予感がする。

ランヒルから見下ろす景色は長閑《のどか》で素朴な田舎町といった風情で、目立って高いビルもなければ、住宅がびっしりとひしめき合うように立ち並んでいるわけでもない。香港《ホンコン》やニューヨーク、東京などの大都会に馴染んだ目にはいささか物足りなくもあったが、代わりに昔懐かしい感覚を味わえた。子供の頃、学校の遠足で登った山から見下ろした風景にそっくりだ。これはこれで悪くない。気持ちが和《なご》む。

見晴らしのいい高台は観光客だけでなく地元の若者たちにも人気のスポットで、多くの人が風に吹かれながらゆったりと過ごしている。日が暮れれば、夜景を観に来る人でまた賑《にぎ》わうだろう。

本場のタイ料理が味わえるレストランもあって、テラス席で冷えたビールを一杯やりながらネオンに彩《いろど》られた町を眺めるのも一興だ。

武藤は掛けていたサングラスを外すと、薄暮《はくぼ》に染まりだした空を見た。

山際から徐々に薄まっていく青のグラデーションの中に、サッと刷毛《はけ》で刷いたような薔薇《ばら》色が交ざって藤色になった部分がある。これから少しずつ暗さを増していく夕空は一見の価値があった。地上にポツポツ灯《とも》り始めた明かりが白い輝石を散らしたかに見える。

「綺麗《きれい》ねぇ」

武藤の胸中を言葉にしたような澄んだ声が傍《かたわ》らから聞こえた。

展望台を囲う手摺りには人が鈴なりになっており、武藤の両脇にも肩や腕がぶつかりそうな近さに人がいた。右隣は野球帽を被《かぶ》った十歳くらいの男の子だ。綺麗ねぇ、とタイ語で洩らしたのは、そのさらに隣にいる女性だった。武藤はタイ語は話せないが、この程度ならわかる。

視線を向けると、整った横顔が目に入った。鼻から顎《あご》にかけてのラインがすっきりとした美人だ。膝丈のワンピースにレースのカーディガンを羽織っている。背中の中ほどまで伸ばされた真っ直ぐな黒髪と相俟《あいま》って、清楚な雰囲気だ。色白のきめ細やかな肌に瑞々《みずみず》しい張りがあり、せいぜい二十歳かそこいらといった感じがする。男の子とは赤の他人らしく、他に連れらしき人は見当たらない。

女性が風に靡《なび》く髪を細い指で押さえ、おもむろに首を回してこちらを向く。

目が合っても武藤は動じず、眼差《まなざ》しで「どうも」と挨拶《あいさつ》し、愛想よく微笑んでみせた。

正面から見た女性は、思わず感嘆の声を洩らしてしまいそうになるくらい綺麗だった。引き締まった小顔に、目鼻口が絶妙なバランスで配されている。涼やかで知的な印象の瞳にとてつもない目力があり、吸い込まれそうな心地になる。一度目を合わせたら脳裡に焼きつきそうなほど印象深かった。

女性も武藤を見てまんざらでもなく思ったようだ。目を細め、形のいい唇がにっこりと笑みをかたどる。

声をかけて食事にでも誘ってみれば有意義な夜を過ごせたかもしれないが、武藤は目礼しただけで女性から視線を逸《そ》らした。興味はそそられるのだが、それより今は一人気ままにブラブラしたい気持ちが勝っている。女性のほうから武藤に近づいてくることもなく、それから少しして彼女は手摺りから離れて行ってしまった。

水彩タッチで椰子《やし》の木などの風景が描かれた柄物のワンピースを着た後ろ姿が遠ざかっていくのを、武藤は振り返って見送った。

すらりと伸びた脚の形も綺麗だ。尻は小さめで肉感的ではないが、武藤はどちらかといえば男のほうが好きなので、女もスレンダーなタイプに食指が動く。

ちょっと惜しいことをしたかな。

武藤は唇を曲げて苦笑し、小さく肩を竦めた。少なくとも外見はとびきりの女だった。誘えば靡きそうな気配を漂わせていたので、がっかりさせたかもしれない。

まぁ、世界は広いし、人間は至る所にいる。そのうちまた、武藤の心を揺さぶり、その気にさせてくれる相手と出会うだろう。

何事にも執着しないのが武藤の在《あ》り方だ。

住む場所も仕事仲間もセックスの相手も定めない。こんな仕事をしているせいもあって、自分の名前にも拘《こだわ》りはあまりない。

残照が西の空を茜色《あかねいろ》に染め、やがて濃い藍色に覆い尽くす。

展望台の手摺りに凭《もた》れたまま、暮れなずんでいく空をそこまで見届けてから、武藤はランヒルを後にした。

プーケットタウンに戻り、毎週日曜日にオールドタウンで行われているサンデーマーケットを覗く。

オールドタウンとは十九世紀頃錫《すず》貿易で栄えたときに造られた一画だ。中国とポルトガルの建築が融合した建物が並び、東洋と西洋とが交ざったような独特の趣を醸《かも》し出す。

サンデーマーケットは、タラン通りを中心に毎週日曜の午後四時から十時までの間歩行者天国になり、路面店が立ち並ぶストリートマーケットだ。

建物がライトアップされ、赤い提灯《ちょうちん》とイルミネーションが頭上に吊された通りの両側に、食べ物やお菓子を売る屋台や露店がひしめき合う。観光客だけでなく地元の人々も大勢歩いていて賑やかで、雰囲気を楽しむだけでも面白い。

活気のある夜の街を一通り見て回り、大衆食堂のような雰囲気の店に入った。

そこでビールと福建麵《ホッケンミー》を頼む。福建麵とは太麵と野菜などの具材が汁に入った焼きそばのようなものだ。このあたりには華僑の子孫が多く、こうした料理を出す店がある。

ベタベタしたビニールのテーブルクロスが掛けられたテーブルに、丸い座面のスツール、年季の入ったコンクリートの床、天井から吊り下げられているのは中国風のランタン型の明かりという安っぽい店だが、料理の味はよかった。ビールもよく冷えている。

地元の人の間では知られた店らしく、客の半分はそれと思《おぼ》しき人々だ。顔立ちや服装、大声で喋《しゃべ》っている言葉ですぐわかる。

店の人間は次から次へと入ってくる客の相手に忙しそうだ。

あまり長居をせずに席を空けるつもりでいたのだが、麵を食べ終えてビールの残りを呷《あお》っていると、いきなり背後から馴れ馴れしく肩を叩かれた。

「お兄さん、観光客？」

背の高い青年が武藤の耳元に顔を近づけ、英語で話しかけてくる。訛《なま》りは強いが、日常会話に不自由しない程度には話せるようだ。

それにしても遊び人風の男だった。ヘアバンドのようなもので前髪を上げ、耳にはピアスがずらっと並んでいる。派手な柄物のシャツにジーンズという出《い》で立ちで、わざとボタンを外して開けているのであろう胸にはタトゥーが見える。顔立ちは悪くないが、チャラチャラとした軽薄な印象があり、ホストのような商売臭さを漂わせていて、あまりいい感じは受けない。不躾《ぶしつけ》な態度が不快だった。

相手にせずビールを飲む。

それでも男は退くつもりはなさそうだ。

「日本人？　それとも中国人？　洒落《しゃれ》た格好しているね。ひょっとしてモデルか何か？」

無視し続けているにもかかわらず、懲《こ》りた様子もなく次から次へと質問を繰り出す。相手の気を引こうとしているのがあからさまで、聞いているだけで尻がムズムズしてくる。

「俺さ、現地でガイドをしてるんだけど、よかったら観光案内してあげよっか？」

日本語もちょっとならわかると得意げに言い、たどたどしい発音で「ぼくプロイいいます」「プロイ、宝石ってイミです」「二十五さいです」と喋ってみせた。

席を立ちたくても、プロイと名乗る青年が逃がさないとばかりに傍らに立ちはだかっている。腕尽くで押しのけて行くこともできたが、よけいな騒ぎを起こして悪目立ちするのは避けたかった。

「あいにく僕は英語も中国語も話せるし、プーケットも初めてではないので、せっかくだけどガイドはいらない。気持ちだけ受け取っておくよ」

武藤が流暢《りゅうちょう》な英語で返すと、プロイは「なんだ、話せるんじゃん」とからかうような口調で言う。

「てっきりこのまま無視されっぱなしかと思ったよ」

プロイはズケズケと無遠慮な発言をし、武藤の足元から頭まで品定めする目つきで視線を送る。シャツもパンツもさりげなく着ているがフランス製の一級品だ。見るものが見ればわかるだろう。

「どこに泊まってんの？　送っていこうか」

どうやらプロイはどうにかして武藤を相手にいくらか稼ぎたいらしい。

「結構だよ」

武藤が断ってもしつこく食い下がる。

「じゃあさ、明日、半日だけ時間くれないかな。地元の連中しか知らないとっておきの綺麗な海に案内するよ」

「いや、結構」

いい加減迷惑だと声にも表情にも険しさを出して突っぱねる。

プロイはようやく「チェッ」と舌打ちし、諦めたように肩を竦めた。

腹いせとばかりに武藤の脇腹を軽く腰で一突きし、「わかったよ。じゃあな」と捨てゼリフを吐いて立ち去ろうとする。

「待って」

そこに、聞き覚えのある澄んだ声が割って入ってきた。

斜め横のテーブルに着いていた女性がすっくと立ち上がり、足早に歩み寄ってくる。

ランヒルの展望台で会った長い黒髪の美女だった。武藤は目を瞠《みは》る。観光客が訪れる場所など似たり寄ったりではあろうが、ここでまた会うことになるとは思わなかった。これも何かの縁だろうか。

「な、なんだよ」

プロイはタイ語で女性と遣《や》り取りする。

武藤にわかったのは基本的ないくつかの単語だけだったが、女性の語調や身振り手振り、プロイに詰め寄ってダボッとしたジーンズのポケットを指差し、捲し立てる様子から、おおよそのことは想像がついた。

もしやと気づいてスラックスのポケットに手を差し込んでみると、案の定、二つ折りの財布がなくなっている。

プロイは女性を振り切って逃げようとしたが、すでに騒ぎに気づいた人々が、物見高く何が起きているのかと周囲に集まって人垣を作っていたため、とうとう癇癪《かんしゃく》を起こしたようにポケットから黒革の二つ折りの財布を出して床に放り投げた。

間違いなく武藤の財布だ。

皆がそちらに気を取られた一瞬の隙を突いてプロイはあっというまに人垣を掻き分け、店から逃げ出していった。

財布は女性が拾い上げ、埃《ほこり》まで払ってくれていた。

「すみません。ありがとうございます」

女性の許へ歩み寄り、武藤は丁重にお礼を述べた。

「掏《す》られていたとは全然気づきませんでした。手持ちの現金はこれだけなので、持っていかれずにすんで助かりました」

「取り返せてよかったです」

女性は花が綻ぶように綺麗な笑みを見せ、心持ちはにかんだ顔をする。話す言葉は聞き取りやすい英語だった。

「たまたま、あの男がこれを掏るところを見たものですから」

「ずいぶんな剣幕で男に反論されていたようですが。僕のためにあなたに嫌な思いをさせてしまって申し訳ありませんでした」

「あ、いえ。あのくらい大丈夫です」

清楚だが芯はしっかりしていそうだとは思っていたが、話してみるとまさにそのとおりの人のようだ。

「ランヒルでもお会いしましたよね」

武藤から切り出すと、女性も「はい」と気恥ずかしげに頷《うなず》いた。しっかりしているところと、初々《ういうい》しく可愛らしいところを持ち合わせた美女は、

「私のことはサーイと呼んでください」

と名乗った。サーイは砂という意味らしい。タイ人の名前はタイ人同士でも覚えられないほど長く呼びづらいため、皆、ニックネームで呼び合うのが慣習化しているという。先ほどのプロイもニックネームだ。あの男が『宝石』で、彼女が『砂』なのは、なんだかちょっとしっくりこないが、サーイという言葉の響きは美しく、しなやかで上品な雰囲気を持つこの女性にぴったりだと思った。

サーイはバンコク在住の旅行者だと自分のことを話す。本来は学生だが、思うところあって去年から大学を休学しているそうだ。面と向かって歳を聞くのは憚《はばか》られたが、話を聞いていると、やはり二十歳かそこいらのようだ。それよりやや大人びて見えるのは、理知的で顔立ちに甘さをあまり感じないせいだろう。逆に、武藤は実年齢の三十五より若めに見られることが多い。サーイと一緒にいても、一回り以上歳が離れているようには見えないのではないかと思われる。

「財布を取り返していただいたお礼がしたいのですが、何かご希望はありますか」

このまま別れるのはさすがに忍びなく、武藤はサーイの意に沿うやり方で謝礼をしたいと申し出た。相手がまだ二十歳ほどの女性だけに、軽々しくバーのようなところに誘っていいものか迷う。

「お礼なんていりません」

サーイは驚いたように首を振る。

「でも、少しだけご一緒させていただけたら嬉しいです。遅い時間まで営業しているバーならいくつか知っています。そこでいいでしょうか」

「もちろんです」

「じゃあ、ご案内しますね」

サーイが武藤を連れていった先は、ワイン庫を改装したような薄暗くて広い、シックなバーだった。コンクリート打ち放しの壁や床に、重厚な黒い革張りのソファ、ガラストップのテーブルが配されており、モダンでスタイリッシュな雰囲気だ。店内にいる客も身形《みなり》がよくて裕福そうな感じの人が多かった。

「ここ、雑誌で紹介されているのを見て知ってたんです。でも、女一人じゃ入りにくそうな店だったから、武藤さんとご一緒できて嬉しいです」

こんな発言を屈託なくするところはこの年頃の女の子らしく微笑ましい。

「僕こそ、こういう店に、きみみたいな綺麗な人と来られて光栄です」

武藤もさらっと気障《きざ》に返した。

サーイは唇を蠱惑的《こわくてき》にカーブさせ笑った。ヌーディーなベージュのルージュを引いた唇が艶やかで、思わず味見したくなる。肉薄だがぷるんとしていて、触れると弾力がありそうだ。清楚さの中に匂い立つような色めかしさを感じた。こういうギャップに武藤はそそられる。

壁際の二人掛けのテーブル席に着く。

足元がよく見えないほど暗い中で向き合うと、サーイは睫毛《まつげ》の長い瞼を伏せがちにして「ちょっと緊張しますね」と言った。

武藤の目にはむしろ堂々としているように見え、物怖じしない子だなと感心したのだが、実際は本人が言うとおり気を張っているのかもしれない。

「何を飲む？」

「マティーニ」

最初から決めていたかのごとくサーイの返事には迷いがなかった。

「強いけど大丈夫？」

「はい。他のお店ではたまに飲んでます」

武藤はオーダーを取りにきたフロアスタッフに「マティーニを二杯」と注文した。

サーイは革張りの椅子に浅く腰掛け、両膝をきちんと揃えて斜めに流している。背凭れに凭れず背筋をピンと伸ばした姿勢が清々しい。行儀や礼儀作法をきっちりと身につけさせられた令嬢といった風情だ。

「大学では何を学んでいたの？」

ふと興味が湧いて聞いてみる。

「商学部でマーケティングや国際ビジネスを中心に勉強してました」

「文学とか芸術とか、そっち方面じゃないんだね。家が商売をしているとかなのかな」

「親の勧めで入ったんですけど、やっぱりなんか違う気がすると思い始めて。しばらくじっくり考えたくなって、一年の終わりに休学届を出しました。退学するまでの度胸はなかったんですよね。そういうところが中途半端で、甘えているのかなって思います」

「早まらなくてよかったのかもしれないよ。慎重さも必要だ」

「親に内緒で勝手に手続きしたんですけど、早々にバレてしまって、めちゃくちゃ怒られました」

それでもサーイは懲りたふうもなく、むしろさばさばした口調で話す。

お待たせしました、とそれぞれの手元に透明な酒の入ったカクテルグラスが運ばれてくる。串に刺されたオリーブが沈められ、香り付けにレモンが飛ばされている。ジンとベルモットをステアして作るカクテルの王様だ。縁ぎりぎりまで満たされたマティーニは、ドライジンの比率が高い、辛口に調節されていた。零《こぼ》さないようグラスに唇を寄せ、最初の一口を味わう。

「うん。美味しいね」

「よかった。お口に合って」

じっと興味深げに武藤の表情を見守っていたサーイが胸に手を当て、ホッとしたように息を洩らす。

「雑誌に紹介されていたとおり、雰囲気のある素敵なお店だけど、肝心のカクテルが今いちだったらどうしようかとドキドキしてました。武藤さん、たくさんいいものを知ってらっしゃるみたいだから」

「僕？　べつにそんなことはないよ。衣食住のどれにも特に拘りはないんだ。一度気に入ったら、そればかり繰り返し求めるくらい実は面倒くさがりでね」

「今着ていらっしゃるシャツ、フランスの馬具工房として創業した老舗ファッションブランドの最新作ですよね」

「詳しいね。それも雑誌で見たの？」

「インターネットで。憧《あこが》れのブランドだから、ときどきウインドーショッピングもするんです。お店の中に入る勇気はないから、外から」

「じゃあ、さっきのお礼に何かあそこのものをプレゼントしようか」

「いいえ、結構です」

話の流れからてっきりスカーフかアクセサリーかをねだられるかと思ったが、サーイはスパッと迷いのない断り方をする。へぇ、と武藤は目を細めた。

「どうして？　きみはお洒落が好きなんじゃないの？　細くてモデルみたいに綺麗だからなんでも着こなせそうだし」

「お洒落は好きですけど。私、お洒落の秘訣は、背伸びせずに今の自分に見合うものを探すことじゃないかなと思っているんです」

「ああ、それは素敵な考え方だね」

武藤はサーイの言葉に敬服し、美貌だけでなく内面にも関心を抱きだした。自分の考えをしっかり持っていることに好感を持つ。

「でも、武藤さんみたいなカレシがいたら、思いっきり甘えたくなっちゃうかも」

褒められると気恥ずかしいのか、サーイはピンク色の舌をチラッと出して、可愛いことを言う。

なるほど、と武藤は透き通ったグラス越しにサーイを見て胸の内で納得した。これだけ綺麗で性格もよさそうな若い女性からこんな言葉をもらったら、気持ちをグラッと傾ける男は少なくないだろう。

「僕もきみになら甘えられたいね」

武藤も思わせぶりなセリフを真顔で吐く。息をするように口の端に乗せられて、恥ずかしさなど微塵《みじん》も感じない。我ながら悪いやつだと思う。思っても反省はしなかった。

サーイはマティーニをあっというまに空け、ほっそりした指で銀色の串を摘《つま》むと、オリーブを唇に挟んで抜き取り、食べた。

たったそれだけのしぐさにもドキリとするほどの色香が漂い、武藤はオリーブを嚙む口元から視線を外せなかった。

「もう一杯どう？」

酔いのかけらも窺《うかが》わせないサーイに、武藤は二杯目を勧めた。酔わせてどうこうするつもりはまるでなく、ただ、とびきりの美女と過ごす時間をあと少しだけ長引かせたかっただけだ。

「二杯目は、武藤さんの手でステアされたマティーニが飲んでみたいな」

サーイは無邪気な顔で言う。

顔だけ見れば、深い意味は全然なさそうだ。しかし、武藤にしてみれば、言葉どおりに受けとめられるはずがない。

「あ、でも、ご迷惑なら私これで失礼します」

武藤の顔色を読んだかのごとくサーイは今し方の大胆な発言をすぐに取り下げる。

「もともと一杯だけのつもりでしたし」

「いや、迷惑とかではないけれど」

ここでじゃあねと別れるのもあっけなさすぎて、それなりに自分に誇りと自信を持っている己の矜持《きょうじ》が傷つきそうだ。

「僕は今回カマラビーチのヴィラに宿泊しているから、ここからだと車で小一時間かかる。それでもよければ、喜んで招待するよ」

「カマラビーチのヴィラって、もしかして」

サーイの目がにわかに輝きを増し、さらに生き生きとした印象を強めた。

ラグジュアリー感のあるものに興味と憧れを持つのか、サーイは武藤の宿泊先を言い当てた。

プライベートプールに滞在中自由に使える車、三名のバトラーが付いたホスピタリティの高い、ヴィラ式のリゾートホテルだ。

「ぜひお部屋を拝見したいわ。今夜を逃せばきっと私には一生縁のない場所になりそうだから」

「じゃあ、行こうか」

サーイの嬉々《きき》とした様子に、武藤も自然と頬を緩めていた。

「あいにく今夜は飲むつもりで出てきたから車は置いてきた」

スタイリッシュなバーを出て、車の走っている通りまで歩く。そこでタクシーを拾うつもりだった。

並んで歩くときもサーイは武藤にベタベタ纏わりついてくるようなまねはせず、知らない仲ではないがまだそれほど親しいわけではないという、絶妙な距離の取り方をする。そうした品のよさは武藤の好みだった。無邪気なふりをしているが、頭のいい女性だと思う。相手に合わせて気分を害させない振る舞いができるようだ。

タラン通りはまだサンデーマーケットが開催中だった。午後十時までなので、あともう三十分ほどは歩行者天国だ。人出は相変わらず多い。

途中に花を売っている露店があった。

「わぁ、可愛い」

足を止め、バケツに入った色とりどりの花を見たサーイが弾んだ声を出す。

「買おうか」

「いいんですか」

「花代くらいお安いご用だよ」

武藤は財布から高額紙幣を一枚抜いて、花売りのお婆さんに差し出した。

「これで買えるだけくれるかな」

サーイが武藤の買い方に目を丸くする。

受け取った花束はサーイの細い腕にはいささか重そうだったが、サーイは「平気」と言って、そのまま自分で持ちたがった。

すれ違う人々のほとんどが、サーイが抱えた豪華な花束に驚嘆する。

武藤もときどき横目で流し見ては、花束に負けていないサーイの美しさに密かに満悦していた。

＊

武藤が宿泊している部屋は、木製の家具を中心にした温もりのある落ち着いた空間になっていて、庭には満々と水を湛《たた》えたプールがある。

ウッドテラスに二脚並べて据えられたデッキチェアに寝そべって空を仰ぐと、星がいくつも光を投げかけていて壮観だった。

リビングの一角に設《もう》けられたミニバーカウンターで、武藤はサーイのリクエストを聞き、オールドファッショングラスに今夜二杯目のマティーニを作った。

先ほど店で飲んだものとほぼ同じ比率でジンとベルモットを交ぜ、グラスに注ぎ分ける。

「どうぞ」

デッキチェアに横になって待っていたサーイにグラスを渡すとき、一瞬指が触れ合った。あ、とほぼ二人同時に口を開き、視線を交わして微笑む。

タクシーの中では、あれこれ雑多な話題を見つけては饒舌《じょうぜつ》に喋っていたサーイだが、ヴィラに着いて部屋に招き入れた途端《とたん》、口数が少なくなった。

今さら怖じ気づいたのか、と思ったが、べつにそういうわけでもなさそうだ。興味津々に部屋中を見て回り、寝室のダブルベッドを目にしてもたじろいだ様子はなかった。

抱えてきた花束を真っ白いシーツの上に載せ、「素敵」と喜ぶ。自分も今夜ここに寝ることになるかもしれない、などとは考えもしていなそうな無邪気さだった。

武藤も今夜サーイをこのまま泊めるのか、タクシーに乗せて帰すのか、そのときの雰囲気次第だと軽く考えていた。ひょっとするとそうなるかもしれない、くらいには思っても、積極的に望みはしていない。

いちおう、サーイがベッドの上に飾って喜んでいた花束は、水を張った洗面台に浸けてきた。サーイが持って帰るにしろ、バトラーに頼んで花瓶に生けてもらうにしろ、花が元気なほうがいいだろう。

背凭れを立て、デッキチェアに脚を伸ばして座ったサーイと向き合う形で武藤ももう一脚のデッキチェアに横向きに腰掛けた。

「あ、すごい。これ、さっき飲んだのと同じ味がする」

「そう？　同じでよかった？」

「うん。あのお店の味、好きだったから」

ポッポッと交わす他愛のない会話が、シンと静まりかえった夜の空気の中では艶っぽく響く。

ウッドテラスの先にあるプールの水面が、さらに遠くの水平線に溶け込んで見え、まるでここから海まで一繋がりのようだ。プールに入るとその感覚がさらに強まる。

「武藤さんが飲んでいるのも同じ味？」

一つのステアグラスで二杯分まとめて作ったのだから同じに決まっているが、武藤は自分のグラスをサーイに差し出した。

「どうぞ」

飲んでみて、と目で示す。

サーイが手を伸ばして武藤のグラスを受け取る。今度はわざと武藤の指に触れてきた。

武藤はサーイにグラスを持たせ、そのまま細い手首を摑み取った。

「武藤さん……？」

「啓吾《けいご》、のほうがいい。僕のファーストネームだ」

「……啓吾……？」

「そう。もう一度呼んでみて」

「啓吾」

「上手だね、サーイ」

それから武藤はサーイに渡したばかりのグラスを自分の手に取り返し、マティーニを一口含んでサーイの唇を塞いだ。

カーディガンをリビングで脱いで、ノースリーブのワンピース一枚になっていたサーイの体が強張る。

キスをしながら強引に唇をこじ開け、舌を差し入れると同時に口の中で温んだマティーニを流し込む。

キスした途端、反射的に瞼を閉じたサーイの長い睫毛が、覚束なげに震える。

口移しされたマティーニをサーイは零さず全部飲んだ。

「味見も上手だね」

濡れた口を離し、頰を赤らめて喘ぐように息をするサーイの唇にあやすようなキスを重ねる。

「きみのと同じ味がした？」

「……違っていた、みたい。あなたにもらったほうが甘かった」

サーイもなかなか気の利いた返事の仕方をする。武藤はいっそう今夜こうして二人で過ごせることが愉《たの》しくなってきた。

「向こうに行こうか」

二つのグラスを小さなデッキテーブルに置き、武藤はサーイの腕を引いてチェアから下りさせた。

アルコールには強そうだったサーイが、今もらったほんの一口で酩酊《めいてい》したかのごとく、何も聞かぬまま従順に武藤に腕を引かれついてくる。

照明を絞ってほの暗くしてあった寝室で、武藤は着衣のままサーイと並んでダブルベッドの端に腰掛けた。

さすがに緊張するのか、俯《うつむ》いたままのサーイの体を抱き寄せ、顎を擡《もた》げて喉や項《うなじ》、耳の裏へと指を辿らせる。

触れるたびにほっそりとした体が震え、身動《みじろ》ぐ。薄く開いた唇から空気が洩れるような、微《かす》かな喘ぎ声が細く洩れ、武藤の官能を刺激した。

芳《かぐわ》しい香りのするサラサラの黒髪に手を差し入れ、後頭部をマッサージするように指の腹で撫で回す。

掬ってもすぐに指の間を擦り抜けていく綺麗な髪を搦《から》め捕《と》り、唇を押し当てた。

「本当に綺麗な髪だね」

耳朶《じだ》に息を吹きかけながら囁くと、サーイはあえかな声を洩らして顔を背けかけた。

そこを、顎を摑んで引き戻し、やや乱暴に、貪るように、おののく唇を奪った。

うう、とサーイが喉を引き攣《つ》らせる。

すでに一度犯した厚かましさで、強引に舌をねじ込み、熱く湿った口腔《こうこう》を掻き混ぜる。

サーイの口は小さく、武藤の舌に蹂躙《じゅうりん》されて苦しそうだった。

逃げようとする舌を搦め捕り、引きずり出して、吸い尽くす。

「ふ……っ、うう……！」

飲み込み損ねた唾液が白い顎を伝い、ワンピースに雫《しずく》となって落ちる。

息継ぎもままならないほど淫猥《いんわい》で濃厚なキスを続けつつ、武藤はサーイの背中に手を伸ばす。

長い髪を掻き分け、ファスナーの金具を見つけて腰まで一気に下ろす。

広い寝室にファスナーを下ろす微かな音が淫靡《いんび》に響く。

ブラジャーを着けた白く滑らかな背中が露《あらわ》になった。

ノースリーブなので腕は簡単に抜ける。

「……っ」

ワンピースを腰の辺りに丸めて溜め、上半身をブラジャー一つにされたサーイは、胸元を両腕で隠して前屈みになった。

「だめだよ。そんなふうにしたら、背中の留め金を外してくれってねだっているのと変わらない」

違う、とサーイは前屈みになったまま首を横に振る。膝に垂れた黒髪がシルク地のワンピースに触れて涼しげな音を立てた。

ブラジャーの留め具を外す。

サーイが恥ずかしがれば恥ずかしがるだけ武藤は昂揚《こうよう》してきた。

グイ、と片腕を差し入れてサーイの上体を起こす。肩紐を滑り落とすと、カップが胸から外れて床に落ちた。

そこで武藤は思いがけない事実にようやく気がついた。

「サーイ、きみ、まさか」

平らな胸板にはほんの僅《わず》かな膨《ふく》らみもなく、薄く筋肉に覆われた体は、鍛え方こそ違えども、明らかに武藤と同じ男のものだった。

「……ごめんなさい……！」

さすがにもう隠しようがないと観念したのか、サーイは抵抗をやめ、武藤にちゃんと顔を見せて謝った。

潤んだ黒い瞳に枕元を照らすシェードランプの僅かな明かりが当たり、キラリと光る。

「驚いたな」

武藤は気づかなかった自分自身に一番びっくりしていた。いくらサーイが綺麗でも、これだけ間近に身を寄せてキスまでしておきながら、一瞬たりとも疑わなかったとは、己の判断力に自信がなくなる。

「もしかして、こっちは切っているのか？」

武藤がぐしゃぐしゃに丸まったワンピースの上から股間に触ろうとすると、サーイはやんわりと武藤の手を払いのけ、ベッドの端から腰を上げて立つ。

ファサッとワンピースが足元に落ち、サーイは女物の下着を一枚身につけているだけの姿になった。

触ってみるまでもなく、サーイの股間は小さな布きれでは隠しきれないほど膨らみ、盛り上がっている。

「男です……れっきとした」

低い声で絞り出すように言い、羞恥に耐えかねるかのごとく唇を噛む。

「そうだね。きみは紛れもなく男だね」

むしろ武藤としてはそのほうがよけいそそられる。

サーイの美しさ、涼やかな声は男とわかっても変わらず、武藤の欲情を煽った。

「……どう、しますか……?」

サーイが遠慮がちに聞いてくる。

「きみはどうしたいの?」

武藤は逆にサーイの意思を確かめた。

サーイは武藤と目を合わせたまま、おもむろに下着の縁に両手の指を掛けた。

すらりと伸びた脚を交互に抜き、全裸になる。あらためて見ると、どこにも女の子らしさを感じるところはない。長い黒髪は地毛だとわかったが、男だと思って見れば、違和感なく男に見えた。武藤は狐《きつね》に化かされた気分だった。

「ランヒルで啓吾を見かけたときから、一晩だけでもいいから、かまってもらえたら嬉しいと思ってた」

本来の性に戻ったサーイは言葉遣いだけ女装していたときと変わる。

「もしかして、あの食堂でまた会ったのは、僕の跡を尾けてきたから？」

「怒らないで」

返事の代わりにサーイはバツが悪そうに目を伏せ、そう言った。

「べつに怒りはしないけど」

武藤は苦笑しながらサーイをあらためてベッドに引きずり倒す。

仰向けに押さえつけ、細い体に体重を預けてのし掛かり、腹の下に敷き込む。

「でも、僕を騙《だま》していた罰は受けてもらおうかな」

ちょっと意地悪な目つきになって言うと、サーイは少し不安を感じたのか、武藤を見上げて何か言いたそうに唇を動かしかけた。

「嘘だよ。うんと優しくしてあげる」

武藤は怖がらせた侘びを込めてサーイの唇を優しく吸い、続けざまに小刻みなキスをたくさん贈る。

サーイの胸の突起は凝《しこ》ってツンと尖り、摘んで擦ったり引っ張り上げたりして嬲《なぶ》ると、ますます膨らみ、赤みを増した。

完璧な女装ができるほど綺麗な顔をしているにもかかわらず、サーイの性器は勃起するとかなりの大きさで、もともと男好きの武藤を歓《よろこ》ばせた。

両の乳首を交互にねっとりと口と舌で可愛がりながら、握り込んだ陰茎を手で扱《しご》く。

「あっ、あ……っ、あああっ」

ズリズリと薄皮を上下に動かし、剝《む》き出しになった亀頭の先端を親指の腹で撫で回す。

「あ、だめっ。ああん……っ、あっ」

先端が隘路《あいろ》から溢《あふ》れ出た先走りで濡れ、武藤の指まで汚す。

武藤はぬめりを絡めた指をそのままサーイの双丘の狭間《はざま》に忍び込ませ、慎ましやかに窄んだ襞《ひだ》を探り当てて周囲に擦りつけた。

襞を丹念に濡らしてから、中指を一本グググッと後孔に捻り込む。

「はああ……！　んんっ」

サーイの口から嬌声《きょうせい》に近い悲鳴が上がる。

清楚な顔から想像していたのに反し、サーイはかなり男の経験が豊富なようだった。

おそらく毎晩のように抱かれているのだろう。中指を付け根まで穿《うが》った後孔は、かなりの締まりのよさを示しながらも緩ませ方も知っており、指三本を抜き差しさせてもあっというまに柔軟に受けとめるまでになった。

武藤はサーイの奥を充分慣らして寛げると、三本揃えたまま指を抜き、手早く服を脱ぎ捨てた。

武藤の股間も猛々しくそそり立ち、先走りの淫液を滴《したた》らせている。

枕元に準備しておいた潤滑剤を自分自身とサーイの後孔に施し、細腰を抱え上げて脚を開かせる。

ずぷっ、と硬く張り詰めた怒張の先で襞を割り広げ、太く硬く兆《きざ》した雄蕊《ゆうずい》をズズッと荒々しく押し進める。

ひいいっ、とサーイが悲鳴を放ち、顎を仰け反らせて全身を引き攣らせた。

「ああっ、だめ、もっとゆっくり……！」

「大丈夫だよ。裂けてない」

武藤は泣いて悶《もだ》えるサーイに優しい言葉をかけつつ、腰の動きは緩めなかった。

ズン、と思いきり腰を打ちつける。

サーイの形のいい尻たぶにぶつかって、肌と肌を打ち鳴らす乾いた音がする。

「お願い、優しくしてっ、いや……っ」

泣いて哀願するサーイは色っぽく、武藤の劣情を刺激した。

男に慣れた体を乱暴なくらい激しく責め立て、抽挿《ちゅうそう》する。

腰を容赦なく揺さぶりながら、武藤はあられもなく悶え泣くサーイに、

「一度じゃ許してあげないよ」

と熱っぽい口調で残酷なセリフを言って聞かせた。

「覚悟はできているよね？」

サーイはひっきりなしに喘ぎつつ、ふるふると首を横に振る。

「あぁぁっ、ひっ、ひっ」

唇の端からダラダラと零れ落ちる涎《よだれ》の筋を武藤は愛しげに口で吸い取ってやった。

今夜は長くて濃密な夜を愉しませてもらえそうだ。

苛烈《かれつ》な追い上げをかけて達し、サーイの最奥《さいおう》に夥《おびただ》しい量の熱い飛沫を放った武藤は、荒い息の下、フッと満足げに微笑んだ。

＊

人の動く気配がすれば、どれほど熟睡していても武藤はパチッと目を覚ます。職業柄、常に身の危険と隣り合わせだと意識して生活しているため、そうならざるを得なかった。

僅かに隙間を作っておいたカーテンからはまだ日の光は差してこない。

眠りの感覚から、だいたい二時間寝たようなので、おそらく今は午前四時くらいだろう。

失神したまま眠ってしまったはずのサーイの姿は傍らにない。

ここには武藤とサーイ以外誰もいなかったはずなので、今出ていったのはサーイに違いない。

だから、サーイがベッドにいないのは当たり前だった。

今すぐ起きて追いかければ、余裕でサーイを捕まえられるだろう。わかっていたが、武藤はあえて動かなかった。

やがてヴィラの玄関ドアが慎重に開け閉めされたのが、微かな蝶番《ちょうつがい》の軋《きし》みからわかる。ここに来てすぐ、侵入者があったときにすぐさま危険を察知できるよう何ヶ所かに施しておいた仕掛けの一つだ。

サーイが出ていったきり戻ってこないことを、五分ほどじっとしたまま確認してから、武藤はやおら起き上がった。

全裸のままベッドを下りて、寝乱れた髪を手櫛で梳《す》き上げる。

「やれやれ。せっかちな子だ」

独りごち、武藤は裸足のまま板張りの床をぺたぺたと歩き、バスルームに向かう。

シャワーブースで汗と精液で汚れた体を洗い清め、バスローブを着て頭からタオルを被った姿で出てきた。

ぐしゃぐしゃにシーツが乱れ、情事の痕跡を色濃く留めたベッドを一瞥し、リビングに行く。

昨晩サーイをヴィラに連れてきたとき、武藤はリビングで時計を外し、財布をスラックスの尻ポケットから出して、センターテーブルの上に置いておいた。

案の定、その二つが消えている。

それだけ確かめると、武藤は灰皿の横にある葉巻ケースを開けて、細い葉巻たばこを一本取った。滞在中ひょっとしたら吸いたい気分になるかもしれないと思い、バトラーに用意しておいてもらったものだ。軸の長いマッチで火を点《つ》け、ウッドテラスに出て煙を吐く。

デッキチェアの間にある小さなテーブルの上には、中身がそれぞれ半分ほど残ったオールドファッショングラスが置きっ放しにされている。

武藤はそれを夢の名残のような感覚で見ながら、葉巻たばこを一本吸い終えるまでデッキチェアに寝そべっていた。

もう間もなく夜も明ける。

サーイに盗られたのは現金だけしか入れていなかった財布と、有名ブランドの最新作の腕時計の二つだけだ。

盗られたと言うより、それを盗ってもらってお帰りいただいた、と言ったほうが正しい。

本当に大切なものはホテルの管理棟にある貸金庫に預けてある。偽名のパスポート、同じく偽名のクレジットカード、そして思い出の品であるアンティーク時計。あとは何を盗まれてもべつにかまわない。財布の中の現金と時計だけでも百万以上の損失だが、いずれも替えの利くものだ。

「まぁ、締まりのいい絶品の体だったし、あれだけの美人と旅先でやれる機会もそうそうない。昨晩買ってやった花はそっくり残していってくれているし、あらためての花代ということで、ご破算《はさん》だ」

暗い海を眺めつつ武藤は唇の端を上げてほくそ笑む。

今頃サーイは財布に入れておいた武藤からの書き置きに気づいているだろうか。

リビングから持ってきた灰皿で短くなった葉巻たばこを捻り消すと、武藤はふあっと欠伸《あくび》を一つした。

「こんな時間で申し訳ないが、バトラーを呼んでベッドを綺麗にしてもらって、もう少し寝ちゃおうかな」

武藤の休暇はまだ始まったばかりだ。

バトラーに指示するためにリビングに戻ってみると、スマートフォンにメールが一通着信していた。

開いて一読し、武藤は「ふう」とわざとらしい溜息をついた。

「さぁて、どうしようかな。『青《あお》い牙《きば》』からの依頼なら……面白いかもしれないな」

新たな仕事の依頼だった。

＊＊＊

プーケットタウンの片隅に建つ年季の入った襤褸《ぼろ》アパートにサーイが帰り着いたのは、空が白み始めた頃だった。

鍵がかかっていたので、同居人がまた家を空けてどこかで遊びほうけていることはわかっていた。

それでも「ただいま」と言ってから部屋に上がるのは、サーイの両親が躾に厳しい人たちだったからだろう。

武藤からどうにか財布と時計を盗み、自分たちの部屋に無事戻ってこられたことに、サーイは安堵《あんど》した。思ったより盗めるものが少なくて当てが外れたが、これでもかなりの儲けになりそうだ。

誰もいない狭い部屋で財布を開けて中身を確かめる。

ちらりと見ていたとおり、束になった紙幣がごっそりと出てきた。厚みも相当だが、なにより、ほとんどが高額紙幣だ。

思わずヒュウと口笛を吹いてしまう。

ざっと計算しただけでも、何ヶ月かこんな危ない橋を渡らずにすみそうな額だ。ゴールドにダイヤが嵌《は》まった腕時計は、換金すれば現金の額の何倍にもなるだろう。

今夜のカモは上物だった。

ランヒルで見かけたとき、こいつがいい、と迷わず決めた己の見る目の確かさを、プロイに褒めてもらいたい。

プロイはサーイが武藤に近づきやすいよう、うまく一芝居打ってくれた。さすがは相棒だ。

収穫の多さに逸《はや》る気持ちを抑えつつ、サーイは清楚な印象のお高いワンピースを脱ぎ、Tシャツとジーンズという普段の出で立ちに着替えた。

体を動かすたびに尻の奥に生じる淫猥な違和感に悩まされ、たびたび唇を噛み締めて耐え忍ばなくてはならなかったが、実入りの多さを考えればこのくらい安いものだ。

プロイとのセックスですっかり慣らされているつもりだったが、武藤のアレは思わず無理だと哀願しそうになるほど長大で、抽挿されるたびに泣き喚《わめ》いて許しを請わずにはいられなかった。幸い、どこにも怪我はしていないが、それですんだのが奇跡のようだ。武藤はよほど性戯に長《た》けていたのだろう。確かに、きついだけでなく、しっかりと法悦《ほうえつ》も味わわされ、痴態を晒《さら》させられた。何度意識を薄れさせたか覚えていない。

本音を言えば、病みつきになりそうなくらい強烈な性体験だった。

プロイに正直に話せば、やきもちを焼いて変な道具を使ってまた責められるだろう。

サーイにとってプロイは恩人だ。今でも一番頼りにしているし、慕っている。

けれど、このところプロイは放蕩《ほうとう》癖に火がついたかのごとく、主にサーイが危ない橋を渡って騙し取ったり盗んだりしてきた金を勝手に持ち出しては一日中遊び歩いている。

実業家である両親に反発し、大学を勝手に休学して家出した挙げ句、ここプーケットに一文無しで辿り着いたサーイを拾ってくれたのがプロイだ。

出会った頃のプロイは本当にかっこよくて素敵だった。ゲイの自覚があったサーイは、一目惚れに近い感じでプロイを好きになり、このまま一生同棲して暮らしてもいいとさえ思ったほどだった。

あれから一年経《た》つ。

今でもサーイはプロイが好きだが、好きだけでは目を瞑《つむ》り難《がた》い不満と不快さを感じるときがしばしばある。

代わりに、あれだけ毛嫌いしていた両親の厳しい言葉の一言一言を、ふとした拍子に思い出すことが増えた。

いつまでもこんなところで自分の人生を無駄にしていていいのだろうか。

漠然《ばくぜん》とした不安が腹の底から込み上げる。

「おう、帰ってたのか」

鍵を閉めていなかった玄関ドアが勢いよく開いて、酒臭い息を漂わせたプロイが足取りも覚束なげに部屋に上がってくる。

「うまくいったみたいだな」

プロイはテーブルの上の黒革の財布と金ピカの腕時計を見て、さらに上機嫌になった。

「ちょっくらシャワー浴びてくるわ」

プロイがそこいらに行儀悪く服を脱ぎ散らかしてシャワー室に入っていったあと、サーイは慌てて財布に手を伸ばした。

この金を全部見せれば、またプロイは金遣い荒くあっというまに使い切ってしまう。
悪いが、いくらか抜いておこうと思った。
財布を開いて紙幣を抜く際、サーイはカード入れに名刺のような大きさの紙が入っていること
に気がついた。さっきは現金にばかり目が行って、しかもあまりの高額に浮かれてしまい、見逃
していた。
引っ張り出してみると、メッセージカードのようなものだった。
表は白いままだが、ひっくり返して裏面を見ると、読みやすい筆跡の英語で何か書かれていた。
まさか、と心臓が破《わ》れ鐘のように鳴る。
息苦しさに胸が痛くなるほどだった。
【これは花代だ。人生は短い。顔がいいだけのろくでなしといつまでも遊んでないで、自分のや
るべき事をやったほうがいいよ】
全部見抜かれていた……？
頭上に雷を落とされたような衝撃に見舞われ、サーイは眩暈《めまい》を感じて額を押さえた。
なぜ。どうして。
百歩譲《ゆず》って自分の目論見《もくろみ》がどこかでバレていたことは、あれだけ長く一緒にいたのでボロの一
つも出てしまったかもしれないと納得できる。
しかし、プロイのことまで仲間だと見抜かれていたとは思いもよらなかった。

うまくやったと鼻高々だったのは自分たちだけで、武藤の目には猿芝居だか茶番劇だかにしか見えていなかったのか。

その上でサーイの嘘に付き合って信じたふりをされていたのかと思うと、猛烈な羞恥が込み上げ、屈辱に喉を掻き毟《むし》りたくなる。

サーイが唯一武藤を騙せたのは、女装だけだった――それが事実なら、恥ずかしさのあまり穴があったら入りたい心地だ。

武藤からのメッセージはサーイのなけなしの矜持を粉々に砕き、ものの見事に打ちのめしてくれた。

粋《いき》がっているだけで、自分では何一つできない穀潰《ごくつぶ》し――そう父親に罵《ののし》られ、その言葉が引き金となって家を飛び出した日のことがまざまざと脳裡に浮かぶ。

まったく、父親の言うとおりじゃないか。

初めて素直に認める気になった。

安普請《やすぶしん》のアパートのシャワー室から、水音に交じってプロイの脳天気な鼻歌が聞こえてくる。

サーイは突然頬を張り倒されたように目が覚めた。

武藤の財布と腕時計を咄嗟《とっさ》に両手で掴み、ジーンズのポケットに入れる。

そうしてサーイはプロイの許に転がり込んだとき履いていたシューズに足を入れると、勤勉な人々がすでに活動を開始している朝の街に飛び出していった。

＊＊＊

離陸のアナウンスが流れた数分後、機体がふわりと浮き上がり、巡航高度目指してグングン上昇していく。

バンコクからパリ行きの便に乗った武藤は、ファーストクラス専従のＣＡから飲みもののメニューを渡され、

「ドライ・マティーニを」

とオーダーした。

クリスタルグラスで提供された辛口のマティーニを飲みながら、今回の休暇は結局三日で終わってしまったか、と溜息を洩らす。

それでも、ついマティーニを頼んでしまうくらいには思い出作りができたので、よしとするべきだろう。

今頃あの美貌の青年はどこで何をしているかな、とささやかながら案じつつ、食事の提供が始まるまで休むつもりで目を閉じた。

INTERMISSION ～狙撃手の幕間～

モンジュイックの丘に建つ城塞から海側を眺める。

眼下に広がるのはバルセロナの港を中心とする景色だ。プラント施設や倉庫、タンクなどが目立つ臨海の工業地帯で、岸壁にはガントリークレーンが数機並ぶ。沖合に、地中海を横切るように設《もう》けられた栈橋があり、大型のクルーズ船が二隻停泊している。

昔は監視塔の役割を果たしていた建物なので、見晴らしはすこぶるいい。バルセロナ市街を一《いち》眸《ぼう》する側に回ればサグラダ・ファミリア聖堂も視認できる。今日のように秋晴れの日なら、ティビダボの丘もくっきりと見える。空気が乾燥した中、涼やかな風に吹かれつつ城壁に沿ってぶらぶらと歩くのは気持ちよかった。

長めに伸ばした髪が頰に流れてくるのを梳《す》き上げ、景色を見る間外しておいた濃い色つきのサングラスを掛け直す。そうして、武藤啓吾《むとうけいご》は断崖を見下ろす城壁の突端から離れた。

バルセロナを訪れたのは半年ぶりになる。

今朝パリから航空機で到着し、ホテルに荷物を預けて真っ直ぐここに来た。モンジュイック城は、この近辺にいくつもある他の名所ほどには観光客に人気がなく、さほど混雑していない。一時ゆっくり過ごすにはうってつけだ。今回バルセロナには一泊するだけで、明日にはまた移動する。元より観光が目的ではなかった。

先日、東京で結構大きな仕事をした。いろいろとイレギュラーな事が起きたものの、最終的には依頼を果たし、スムーズに国外に脱出できた。しばらくは南国のリゾート地で骨休めするつもりだったが、次の仕事が早々に舞い込んだため、残念ながら休暇を返上しなくてはならなくなった。義理のある人物が間に立った依頼で、無下《むげ》にできなかったのだ。

詳細を聞くためにパリで依頼人と会い、契約を交わして引き受けることにしたが、ターゲットはこれまたかなりの大物だ。警備が厳重で相当困難な仕事になるだろう。

条件が厳しく、射撃の腕を試される案件になればなるほど燃えて血を滾《たぎ》らせるほうなので、どう攻めるか頭を悩ませつつ、愉《たの》しんでもいる。自分は根っからの勝負師だと自覚するのはこういうときだ。好き勝手な生き方をしているぶん、仲間は作らない。死ぬときは一人でと決めている。その代わり刹那《せつな》刹那を悔いのないよう謳歌《おうか》する。仕事を離れたときの武藤はストイックとはほど遠い人間だ。

城塞の中は整備改装され、博物館としてパネルなどが展示されているようだが、武藤は中庭に造られた収容所を示唆《しさ》していると思《おぼ》しき近代アート作品を一瞥しただけで、展示室には足を運ばなかった。

小一時間ほど山頂からの眺望を堪能《たんのう》し、徒歩で麓《ふもと》に引き返す。往路は、空中を散歩している感覚を味わえるゴンドラに乗ってきたので、下りは坂道を歩くことにした。

前方から吹く風が、ボタンを外して羽織ったジャケットをはためかせる。ジャケットの下にはシャツとトレーナーを重ね着し、ボトムは細身のチノクロスパンツとスニーカー。こういう出で《い》立ちだと、実年齢より十は若く二十五、六に見られることが多い。脱げばそれなりに筋肉の付いた体だが、着瘦せする上、色白で繊細な雰囲気の面立ちをしているせいか、実際とは違う印象を与えることがしばしばあるようだ。初対面で武藤の本業を見抜ける者はまずいないだろう。

麓からは市バスに乗ってスペイン広場まで戻る。今夜の宿はここから十分ほど歩いたところにあるスタイリッシュなデザインのホテルだ。モダンな内装、屋上に設けられたバーなどが旅行客に高く評価されているようだが、武藤としては、寝心地のいい清潔なベッドと美味《おい》しい朝食を提供してもらえたらいい。ここを選んだのは国際列車も発着するターミナル駅にほど近く、便がよかったからだ。加えて、防音対策がなされた部屋を取れたのも幸いだった。

スーツケースを預けに正午頃一度寄ったホテルに戻り、フロントでチェックイン手続きをする。税関でも問題なく通用した偽造パスポートに記載された名前を、慣れた手つきで宿泊者カードに書く。人懐っこそうな顔をしたフロント係の男性は、パスポートの写真と武藤を見比べ、にこやかな笑顔を向けてきた。

「長井《ながい》様、ようこそお越しくださいました。こちらのカードがルームキーです。ごゆっくりお寛ぎください」

「ありがとう」

ここでは武藤は『長井良則《よしのり》』だ。だが、どんな名で呼ばれようとたいした問題ではない。明日国境を越えるときには、また別の人間の名を借りることになる。

クロークでスーツケースを受け取り、客室に行く。

部屋は適度な広さで、ベッドはダブルサイズが一台据えてある。フローリングの床にはカーペットやラグの類いは敷かれていない。浴室はシャワーカーテンの代わりにガラスが嵌《は》め込まれており、洗面台はデザイン性が高い。水回りの設備は新しく使いやすそうだ。ざっと見て回った限り、文句の付け所はなく、値段のわりにいい部屋だと思った。

荷解きは最低限にして、軽くシャワーを浴びて汗と埃《ほこり》を流し、服装は変えずに外に出た。

午後五時を過ぎて日は傾き始めている。

旧市街までは約二キロ、散歩がてらぶらぶら歩くことにした。

ホテル周辺は綺麗《きれい》に区画整理された地域で碁盤《ごばん》の目状に道路が交差しているが、ゴシック地区に入ると、道は曲がって見通しが悪くなり、狭い路地が増え、ときに行き止まりの袋小路だったりと、複雑に入り組んだ街並みになる。

建物と建物の間を通る石畳の道は薄暗く、空を仰ぐと洗濯物がはためいていたりする。馬車が走っていた時代を彷彿《ほうふつ》とさせる、年季の入った石造りの建造物が、肩を寄せ合うように立ち並ぶ。壁に取り付けられたアンティークな意匠の外灯や、植木鉢を置いたり蔓《つる》を絡ませたりしたバルコニー、センスのいい看板など、雰囲気のあるフォトジェニックな風景が随所に見られる。

武藤は観光客の多い通りを外れ、人気のない路地裏に入っていった。

ガイドブックに紹介されることなど絶対になさそうな、暗く狭い路地の中ほどに、誰を相手に商売しているのかと訝《いぶか》りたくなるくらいうらぶれた印象の土産物《みやげもの》店がある。店頭に置かれているのは、褪色してしまって埃を被《かぶ》ったような絵葉書を差したスタンドだ。間口の狭い店で、壁に造り付けられた棚には、キーホルダーやフィギュア、名所の図案をプリントした文具などが陳列されている。店内に他の客はもちろんいない。

武藤は壁にフックでぶら下げられていた、ミロの作品と思しきユニークな形のぬいぐるみ付きストラップを手に取ると、奥のレジカウンターに持っていった。

「これ、ください」

店番をしている男が、読んでいた本からおもむろに顔を上げ、何を考えているのか察しさせない無感情な眼差《まなざ》しを向けてくる。

半年ぶりに顔を合わせたというのににこりともしない愛想のなさは相変わらずだ。寡黙《かもく》でおとなしそうな東洋人——男と初めて会った者は、まずそんな印象を持つだろう。

男は通称『クレト』と呼ばれている。

本名は久禮《くれ》智宏《ともひろ》というらしい。それが真実ならおそらく日本人だと思われるが、本人の口から肯定《こうてい》の言葉が出たことはないので、定かではない。

クレトは非公式に狙撃手を生業にしている武藤のような人間の間では、名の通った銃器の調達屋だ。

年齢は二十六、七に見えるが、実際はもっといっているのではないかと思う。武藤は現在三十五だが、自分より年下だと感じたことはない。無造作に伸ばした前髪が年齢不詳ぶりに輪をかけている気がする。

髪も目も漆黒な上に、いつも黒い服ばかり着ている。今日の出で立ちもごたぶんに漏れず、Vネックのセーターもチノクロスのパンツも黒だ。足元だけは履き慣らして味の出た茶色の革靴だが、これは差し色を意図したものではないだろう。武藤の知る限り、ファッションになど興味のかけらも示したことのない無骨者《ぶこつもの》だ。

スツールに座って組んだ脚はカウンターに阻《はば》まれて伸ばせず窮屈《きゅうくつ》そうだ。立てば武藤より背が高く、体格もいい。傍目《はため》にはすらりとして見えるが、二の腕や胸板には発達した筋肉がしっかりと付いている。

武藤がカウンターに置いたぬいぐるみ付きのストラップをチラと見て、クレトは僅《わず》かに眉を動かした。本気でこれが欲しいのか、それとも武藤が茶目っ気を出しただけなのか量りかねているらしい。冗談の通じない、クソ真面目で不器用な男なのだ。

「いるなら持っていけ」

「それより、頼んだ品、調達できた？」

クレトが無愛想な口調で言うのを一蹴し、武藤はいきなり本題に入った。

マイペースな武藤の言動にクレトはほとんど反応せず、気分を害した様子もなければ、仕方ないやつだと苦笑するなどして親しみを感じさせることもない。膝に載せていた本を閉じて机の隅に置いて立ち上がり、黙って武藤の傍《かたわ》らを擦り抜ける。

絵葉書のスタンドを店内に入れ、出入り口のガラス戸を施錠して閉店の札を提げてくると、クレトは武藤に声もかけず奥にあるドアから出ていってしまった。武藤も後に続く。

ドアを潜《くぐ》った先は小さなホールだ。右手に住居用の玄関、左手に二階に上がる階段がある。ホールの向こうはダイニングキッチンだ。武藤はクレトについてそちらに行った。

ダイニングキッチンには二畳ほどの広さの貯蔵庫が付いている。一見なんの変哲もない備蓄品置き場だが、実は棚の一つが扉になっており、地下に行く階段が隠されている。

先に行け、とクレトに眼差しで示され、武藤は狭くて急な階段を下りていった。偽装扉を内側から閉めたクレトも、背後からついてくる。

地下の秘密部屋は元はワインセラーだったらしく、広さは六畳程度だ。空調を利かせて室温は少し肌寒いくらいに保たれ、空気は乾燥していた。

「半年ぶりだな、ここに来るのは」

武藤はぽつりと呟《つぶや》く。

ざっと見渡した限り、以前と変わったところはない。

壁一面に、拳銃、短機関銃、アサルトライフル、狙撃銃などの様々な種類の銃器が三十丁ほど掲げられている。いずれもいつでも撃てるように整備された実用品だ。むろん弾は抜いてある。銃を見慣れた武藤の目にも壮観なコレクションだ。

それらには一瞥もくれずに、クレトは部屋の隅に置かれた頑丈な金庫を開け、中からアタッシェケースを抱え出してきた。

重量のありそうなそのケースを部屋の中央に据えられた作業台に載せる。

クレトが黙々と三ヶ所のロックを解除するのを、武藤は傍らに立って見ていた。節の目立つ長い指が、一瞬の迷いもなくダイヤルを回し、あっというまにケースを開ける。

収納物の形状に忠実に刳《く》り貫《ぬ》かれた緩衝材に収められているのは、ＷＡ２０００、ドイツ製のスナイパーライフルだ。

「うん。これだ」

およそ一般に認知されているライフルとは異なる形状をした、この寸詰まり感のある銃は、ブルパップ式と呼ばれるものだ。簡単に言うと、機関部をストック内部に埋めている。銃身の長さは変えずに、全体を短くした銃だ。

「今度はヘリにでも乗って狙撃するのか」

ケースを武藤の正面に押しやって、クレトがようやく口を開く。

武藤はポケットに入れてきた手袋を嵌めてから、慎重に銃を持ち上げた。

「警戒が厳重で、場合によってはそれしか方法がないかもしれない。この銃はそのための保険だ。今のところ、かなりの確率でこいつを使うことになりそうだが」

銃口を壁に向けて立射の姿勢で構えてみながら、武藤ははぐらかさずに答えた。クレトの口の堅さと、約束を違《たが》えないプロ意識の高さには絶対的な信頼を置いている。たとえどんな拷問を受けても、この男は長年の取引相手である武藤を裏切らないだろう。過去にもそれに近い出来事が起きたことがあって、以来、クレトは一匹狼のスナイパー武藤啓吾が唯一胸襟《きょうきん》を開ける相手だ。

「わかっているとは思うが、こいつは照門の位置がかなり前寄りだ。照準の精度が出にくい。ヘリからならホバリングしたとしても震動の問題がある」

「ご心配なく。無理だと判断したら中止する。次の機会を待つよ」

武藤はあえて軽い口調で言った。

普段はめったに仕事の内容に口を挟まない男から忠告めいたことを聞かされると、妙にくすぐったくて、気まずい気分になる。誰かに気にかけてもらうことに不慣れなせいかもしれない。

新しい銃の点検を一通りすませ、不具合がないことを確かめると、元のとおりケースに収め、蓋《ふた》を閉じた。弾も一箱用意してもらっている。

ジャケットの懐《ふところ》から財布を出し、金額を記入済みの小切手をクレトに渡す。

クレトは額面を一瞥して、作業台の下の引き出しに無造作に放り込んだ。

「さてと。腹が減ったな。今日はまだパリからの機内で出された軽食以外食べてない」

武藤ははっきりと誘う目をしてクレトを見つめた。

クレトの顔に一瞬躊躇《ためら》いが浮かんだ気がしたが、すぐに消え去り、フッと息を吐く。

「何が食べたい？」

こちらを見もせずに伏し目がちになったまま聞いてくる。

「シーフード」

武藤は迷わずリクエストした。

ここバルセロナは地中海に面してはいるものの、実は養殖のマグロ以外には、これはぜひ食べたほうがいいと勧められる魚はあまりないらしい。ただ、海沿いのエリアには、街中で出されるものよりは美味しい魚を出す店があると聞くし、なにより景色もご馳走《ちそう》の一つだ。

「数日前まで骨休めをしにプーケットに行っていたんだ。一週間くらい優雅に過ごすつもりでヴィラを借りたのに、結局仕事が入ってすぐ引き払わなくてはいけなくなった。だから、せめてバルセロナで海を眺めながら食事がしたいと思ってね」

「まぁ、べつに、なんでもいいが」

クレトの口から出る言葉は笑いが込み上げてくるほどそっけない。

武藤はクレトを困らせてやりたくなった。太さのあるしっかりとした眉を顰《ひそ》めるところをもっと見たい。何を言ってもしても感情を抑え込むクレトが、ときどき無性に焦《じ》れったくなる。まんざら知らない仲でもないだろうに……とからかいたくなるのだ。

「じゃあ、行こうか。智宏」

重量のあるアタッシェケースを軽々と提げ持ち、先に立って歩きだす。

「おい。待て」

さすがのクレトも、いきなり智宏と呼びかけられたことには虚《きょ》を衝《つ》かれたようだ。声に僅かながら動揺が混じって感じられる。

「呼ばれ慣れない？」

軽快な足取りで階段を上りながら、悪気のない振りをして武藤は聞いた。

「べつに。だが、取引相手の中で俺をそんなふうに呼ぶのはおまえくらいだ」

また「べつに」か、と突っ込みたくなるのを抑え、武藤はクスッと一笑する。「べつに」はクレトの口癖だったな、と思い出す。

「僕のことも『啓吾』と呼んでくれてかまわないけど、たぶん、あなたは呼ばないんでしょうね」

そもそもクレト――いや、久禮に名前を呼ばれることがまずない。たいてい「おい」とか「おまえ」とかだ。ひょっとすると、顔見知りでも名は覚えてもらっていないのでは、と疑ったこともあったが、武藤が送ったメールに、武藤だとはっきり認識した内容の返信があった時点で、それはないと確認できた。取引相手には極力情が出ないようにしておきたい、ということなのか。それはそれでいかにも久禮らしいが、もし単に照れくさいからという理由で相手を名前で呼ばないのなら、柄《がら》にもない可愛いさだ。ますます冷やかしたくなる。

夕暮れに染まり始めた街並みを、前後に連なって歩く。

一度久禮が歩調を緩めて背後の武藤を振り返り、アタッシェケースに視線をくれて「持ってやろうか」とぶっきらぼうに声をかけてきた。

「気持ちだけもらっておくよ」

武藤がそう返事をすると、久禮は相槌《あいづち》の一つとして打たず、代わりに歩く速度を落とした。言葉よりも行動で気遣いを示す男だ。

海側のエリア、バルセルネータ地区の最寄り駅まで地下鉄で行き、そこからヨットハーバーの埠頭を歩く。目的のレストランは埠頭の先端にあるようだ。徒歩でおよそ十分、肩を並べることもなく黙々と歩き通した。

久禮は本当に無口な男だ。半年ぶりに会って、お互い息災《そくさい》であることを確認できたのに、近況の一つも聞き合う雰囲気にならない。食事ですら、武藤から誘わなければ行く流れにならず、取り引きが済み次第、別れていたに違いない。次はいつ会えるかわからない、生きているかどうかすら定かでない世界にお互い身を置きながら、薄情なくらいあっさりした関係だ。だが、こんなふうに少々物足りなさを感じているのは武藤だけで、久禮はなんとも思っていないのだろう。家族も仲間も持たない一匹狼だというところは一緒だが、久禮のドライさは徹底している。

「この店でいいか」

久禮は武藤の了解を取って店に入った。こうしたことに限らず、久禮には独善的なところは見受けられない。

団体客の受け入れも可能であろう大きなレストランだった。一階と二階の二フロアで三百人程度対応できそうだ。まだ新しく清潔感のある店舗で、従業員は皆教育が行き届いている印象だ。二階に案内されてテーブルに着くと、夜の海を眺めながら食事ができて、なかなかいい雰囲気だった。テーブル同士の間隔が十分取られているので、隣の客に気を遣うことなく話ができる。とは言え、久禮と武藤の間で急に会話が弾むわけでもなかったが。

「お勧めは？」

メニューを見ながら久禮に聞く。

久禮は少し考えて、

「日本人は魚を食べ慣れているから、特に感動するものはないと思うが……」

と前置きした上で何品か挙げてくれた。

「ムール貝のワイン蒸しか、ガリシア産マテ貝か……鱈《たら》のすり身を揚げたやつもつまみにはちょうどいい。シーフードではないが、イベリコ豚の生ハムもよく食べる」

この店の料理は基本的にどれも悪くない、と久禮は付け加えた。

「パエリヤを食べるつもりなら、前菜は二品くらいが適当だ。半分のサイズで頼める料理もある」

「うん、そうだね。スペインに来たからにはパエリヤは外せないな」

武藤はグリルしたマテ貝と鱈のすり身を揚げたブニュエロス、マリネにした塩鱈のサラダの三品を選び、マテ貝以外はハーフポーションにしてもらう。

パエリヤが焼き上がってくるまで冷えた白ワインを飲みながら地中海沿岸の夜景を背景に、落ち着いた時間を過ごす。埠頭の突端にあるこの店は、比較的静かで居心地がよかった。料理の味もまずまずだ。武藤はいわゆるグルメではないので、普通に美味しければ満足できた。

「東京で興味深い人物に会った」

久々に顔を合わせた知己《ちき》とテーブルを囲んでいるのに、ろくに言葉も交わさないのはあまりにも味気ない気がして、武藤は一方的に話しだした。久禮が興味を示すかどうかはわからないが、むっつりとして向き合い、料理だけ胃袋に片づけていくよりマシだろう。

「……川口組《かわぐちぐみ》の若頭が狙撃されたそうだな。ネットで日本のニュースを読んだ。あれはおまえの仕事か」

久禮は淡々とした口調で言い当てる。

「なんだ。見当が付いていたのか。し損じたのに」

本来であれば確実に仕留《しと》めなくては武藤啓吾の名折《なお》れだった案件だ。それをあっさりおまえの仕業《しわざ》だろうと看破《かんぱ》されるのは複雑な心境だが、武藤は苦笑いしながら頷《うなず》いた。

「確実に仕留めるつもりなら脳幹を狙ったはずだ。だが、撃たれたのは胸だった。相手は防弾チョッキを着ている可能性のある特殊な立場の人間だ。おまえが理由もなくそんなミスをするとは考えられない」

武藤が釈明するまでもなく久禮は全部わかっているようだった。

「まぁ、いろいろと事情があって。剛胆《ごうたん》で冷静沈着な、知略を尽くすタイプで、興味深かった。殺すには惜しかったから結果的には失敗してよかったよ」

「実行犯はまんまと逃亡したが、暗殺を依頼した連中は全員逮捕されたと聞いて、どういうことなのか察しはついた」

「たぶん、智宏が考えたとおりで当たってるんじゃないか」

見破られているとわかっても、武藤は悔しさより、久禮に理解されている満足感のほうが強かった。ある意味、認められているのだと思える。

「……その呼び方、やはり気になる」

久禮は武藤が意図しなかったところに反応し、武藤を面白がらせた。

「べつに、ってさっきはどうでもよさそうだったけど？」

ニヤニヤしながら切り返すと、久禮は皿に落としていた視線を上げ、相変わらず感情の読めない乾いた眼差しで武藤を見た。そういう突っ込みは迷惑だとでも言いたいのか。推察するしかない。

「深い意味があるのかと勘繰《かんぐ》りそうになって、いちいち引っ掛かる。それだけのことだ」

あたかも自分の気持ちを整理しながら言葉を探しているかのようだった。

深い意味などない、と喉元まで出かけたが、思いとどまって呑み込んだ。本当にそうなのか武藤自身あやふやな気がして言えなくなったのだ。

気を取り直し、話を戻す。

「川口組の若頭は噂に聞いていた以上にそそる男だった。今のところ貸し借りなしになっているが、面識ができたこと自体、悪いことではなさそうだ。この先どう転ぶかはわからないが」

次は敵になるかもしれないし、また利害が一致して協力態勢を敷くことになるかもしれない。

いずれにせよ縁が続くなら、まだまだ楽しませてもらえそうで嬉しい。

「寝たのか」

ワイングラスを口元に持っていきながら、久禮がさらっと聞いてくる。

「まさか」

武藤はつい声を抑え損ねて、強い調子で否定した。

そんなはずがあるかと笑って一蹴するつもりだったが、目が合った途端《とたん》、久禮の真摯《しんし》な眼差しに射竦《いすく》められ、緩めかけた口元を引き締めた。

「お待たせしました」

ちょうどそこに熱々に焼けたパエリヤが運ばれてくる。

「……美味しそうだ」

武藤は取り分け用のスプーンを手にして、空気を変えた。

「ああ。ここのは悪くない」

久禮も先ほどの話は忘れたかのごとく同意する。

ワインのボトルが空いたので、もう一本追加した。久禮はかなりいける口のようだ。グラスを重ねても一向に酔う気配がない。武藤のほうはレストランを出る頃には微酔《ほろよ》い加減になっていた。

だから、というわけではないと思いたいが、ぶらぶらと歩いた先に、ちょうど客を降ろしたタクシーを見つけたとき、武藤は久禮の腕を摑み、「送ってくれないか」と頼んでいた。言葉が口を衝いて出た、まさにそんな感じだった。

久禮は武藤の手をやんわり払うと、背中を押してタクシーに向かって歩きだした。武藤が提げていた重いアタッシェケースは久禮が持つ。

武藤を先にタクシーに乗せ、続いて久禮も隣に座り、後部ドアを閉める。

武藤が泊まるホテルに着くまでの間も、着いて車を降りて、エレベータで部屋に向かうときも、久禮は何も言わなかったし、聞きもしなかった。

一晩寝るためだけのホテルだったが、ベッドはゆとりのあるダブルサイズだ。

部屋に入ってすぐ、久禮から受け取ったアタッシェケースを、うっかり倒したり蹴ったりしないようクローゼットの中に置く。

ついでにジャケットを脱いでハンガーに掛け、裸足になってスリッパに履き替える。

久禮はカーテンを閉めたままの窓際に立ち、室内をなんの感慨もなさそうな顔つきで見ている。

「もう少し飲む?」

部屋に用意されたミニバーにウイスキーやジンなどのミニボトルがいくつか置いてある。冷蔵庫には缶ビールや水、ジュースが冷やされていた。

「いや。俺はいい」

なんとなくこのまま帰ると言い出しそうな雰囲気だ。そう思った直後、武藤は大股で歩み寄ってきた久禮に腕を取られ、ベッドまで連れていかれてシーツに押し倒されていた。

有無を言わせない、いきなりの行動だった。けれど、決して乱暴ではなく、強引さの中に武藤の願望を汲《く》み取った情が感じられ、一気に欲情に火がついた。

のし掛かってきた久禮の背中に腕を回し、頭を擡《もた》げて自分から唇を奪いにいく。押しつけ、啄《ついば》み、舌先で合わせ目を擽《くすぐ》る。

久禮もそれに応《こた》えて武藤の口を吸い、舌を入れてきて口腔《こうこう》を荒々しくまさぐる。舌を絡ませ、吸引し合う濃密なキスを交わしながら、互いに相手の服を脱がせ上も下も裸になった。

両脚を抱え上げ、膝で折り曲げられて、開かされる。

「……っ」

あられもない姿勢を取らされ、羞恥に顔を背けたが、キスとアルコールのせいで熱くなった体は辱《はずかし》められていっそう昂《たかぶ》り、股間をいきり立たせた。

裸になった久禮の見事な肉体を目にすると、官能を刺激され、体の芯が痛いほど疼《うず》く。拳闘家《けんとうか》に近いぎゅっと引き絞られた体型をしており、鍛《きた》え抜かれた筋肉が全身をぴっちりと覆っている。厚みのある逞《たくま》しい胸板、割れた腹部、筋肉が盛り上がった二の腕、頑健な腰、引き締まった尻。どこにも隙がない。ずっしりと体重をかけて敷き込まれると、それだけで達してしまいそうになるほどゾクゾクする。

膝が胸に付くほど深く体を折り曲げさせられたせいで尻が上向き、双丘の間が剝《む》き出しになる。昂奮《こうふん》して息が上がり、呼吸が乱れる。それに合わせて、秘めやかな窄《すぼ》まりが喘ぐかのごとくヒクヒクと淫らに収縮する様を久禮に見られ、武藤はさらに体を火照《ほて》らせた。

「い、入れて……智宏。そんなに、見るな」

「いきなりは無理だ」

久禮の股間も猛々しく屹立している。その太さと長さは恐れを感じるほど凄《すさ》まじく、乾いた後孔に亀頭の先端を押しつけられただけで身が竦む。そのまま突き入れられたら、間違いなく傷を負うだろう。

久禮はいったん腰を引くと、己の指を口に入れ、中指と人差し指にたっぷり唾液を付けて、それを襞《ひだ》に塗《まぶ》した。

「ふ……っ、う……んっ」

濡れた指で窄まりを湿らせ、柔らかく寛ぐまで解《ほぐ》される。

中指を一関節ずつ慎重に穿《うが》たれ、狭い器官を広げて慣らす。そうして根本まで入れて中で楽に動かせるようになると、抜き出して、唾を足し、次は人差し指と二本揃《そろ》えて潜《もぐ》り込ませてくる。

「あぁぁっ……！」

指二本でも最初はきつく、粘膜を擦り立てて刺激され、武藤は顎《あご》を仰《の》け反らせて声を上げた。猥《みだ》りがわしい感覚が下腹部から全身に拡散し、身悶《みもだ》えずにはいられない。

「しばらくご無沙汰《ぶさた》だったか」

久禮の声も僅かながら上擦《うわず》っている。表情には出さないが、情欲を湧かせ、昂揚《こうよう》しているのがわかる。欲しがっているのは自分だけではないとわかり、武藤はホッとした。

「ああ。半年ぶりだ」

身持ちが堅いなどと厚顔無恥《こうがんむち》なことは言わないが、抱かれるのは確かに半年ぶりだ。

半年と聞いて久禮は目を眇《すが》めた。よもや、前に会って寝たとき以来だとは思っていなかったようだ。

「意味はない。たまたま、だ。うっ……っ」

グチュグチュと卑猥《ひわい》な水音をさせて後孔を掻き交ぜられるのに感じて身を震わせながら、武藤は誤解させまいとして言った。

久禮の微《かす》かな戸惑いが重ねた肌や、差し入れられた指から感じられ、武藤自身恥ずかしかったのだ。

べつに久禮としか寝ないと決めているわけではない。この半年は、単にそういう機会がなかっただけだ。相手はいくらでも見繕えたが、その気にならなかった。頭の中で、いつのまにか自分自身にも言い訳していた。

「ああ」

久禮は温かみを感じさせる声音で短く相槌を打つと、ズルリと指を抜いて、武藤の腰を両手でがっちり掴んで引き寄せた。

「力を抜いていろ」

労《いたわ》りの籠《こ》もった言葉をかけ、勃起した陰茎の先端に滲《にじ》むぬめりを亀頭に塗り広げ、竿に唾液を塗す。

そうして濡らされた硬い肉茎が、武藤の秘部をこじ開け、ズプッと後孔を穿つ。

硬く張り詰めた熱いものが内壁をズズッと擦り上げ、進められてくる。

「うう……っ、あ、あっ」

狭い筒を嵩張《かさば》ったものでみっしりと埋め尽くされ、それが容赦なく奥へと入り込み、体の中を抉《えぐ》られる感覚は、まさに征服されているようだ。

ズン、と久禮が腰を突き上げる。

「アアアッ!」

もう無理だと降参しそうになるくらい深々と杭《くい》を打ち込まれ、武藤は悶絶《もんぜつ》して乱れた声を放った。

喘ぎ続けて開けっ放しの口の端から、飲み込みきれなかった唾液がつうっと糸を引いて零《こぼ》れ落ちる。

「……」

啓吾、と久禮に囁くように呼ばれた気がしたが、空耳だったかもしれない。

考える余裕もないほど立て続けに腰を使われ、悦楽に脳髄が痺れた。

肉の薄い武藤の尻に、久禮の頑丈な下腹がぶつかり、汗ばんだ肌と肌とを打ち鳴らす音がする。

腹の間に挟まれた武藤の性器も芯を作ったままで、解放されたがっている。

久禮は緩急《かんきゅう》つけた律動を加えて後孔を攻めながら、手で性器を掴み、巧みに扱《しご》いて前後を同時に嬲《なぶ》り、武藤を翻弄《ほんろう》する。

「ああっ、だめ……、だめだ。そんなにしたら……イクッ。ああっ……！」

前で達するのか、後ろで達するのか、自分でも定かでないまま、武藤は激しく身を捩《よじ》り、悲鳴と嬌声《きょうせい》が一緒くたになった声を上げた。

大波に持ち上げられたかのごとく背中を弓形に反らせ、乱れた髪が頬に打ちかかるほど頭を振りたくる。

強烈な快感に呑み込まれるような感覚に襲われ、久禮の背中に爪を立てて縋《すが》っていた。

達した余韻で全身の痙攣《けいれん》が止まらない。

後孔はきつく収縮し、中に迎え入れたままの久禮を引き絞る。腹から胸にかけて飛び散っている白濁は、紛れもなく武藤の性器から放たれた悦楽の残滓《ざんし》だ。

「……っ、あ……あ」

涙で潤んだ目の焦点が合わぬまま、武藤は達した余韻に酔い痴《し》れる。

武藤の呼吸がだいぶ落ち着いてくると、それまで動かずに待っていた久禮が、再び腰を揺すり始めた。

「ひっ、あ……だめ。あ、あああっ」

「今度は俺の番だ」

「待って。待って……っ」

まだ勘弁してくれと訴えたが、久禮は聞いてくれず、徐々に腰の動きを大きくしていく。

「そう時間はかからない」

すぐにイクから我慢しろ、と男くさい端整な顔に凄絶な色香を滲ませて言う久禮は、普段の無口で無骨な彼とは別人のようだった。

久禮の猛々しい様子に武藤はゾクリとし、惑乱するほどの法悦《ほうえつ》に身を任せた。

朦朧《もうろう》としてきた武藤の口を久禮が熱の籠もった口づけで塞ぐ。

尖った乳首を指の腹で転がされ、引っ張り上げて抓《つね》られもした。ジンジンする刺激が間断《かんだん》なく襲ってきて、キスの合間に喘ぎ、叫び続けた。

武藤の体の奥で久禮の肉棒がドクンと脈打ち、迸《ほとばし》りを浴びせられたのがわかった。

それと同時に意識が薄れ、そこから先はすべてが曖昧《あいまい》だった。

汗まみれの体を抱き竦められ、またしても「啓吾」と呼ばれた気がする。いや、おそらくこれは夢だろう。

ピピピ……と鳴る電子音にハッとして起き上がると、すでに夜は明けていた。

昨日出掛ける前に六時にセットしておいた目覚まし時計のアラームだ。

寝乱れた髪を手櫛《てぐし》で掻き上げ、ふっと溜息を吐く。

傍らに久禮の姿はない。

シーツは乱れ、昨晩の情事の痕跡を色濃く留めているが、久禮が隣で寝たとわかる温もりは僅かも残っていなかった。

わかりきったことだ。

あの男は相棒でも恋人でもなんでもない、ただの取引相手だ。寝ようが寝まいが、それで関係性が変わるわけもない。

武藤は裸でベッドを下りると、シャワーを浴びに浴室に行った。

すぐに支度してサンツ駅から国際列車に乗らなくてはいけない。

クローゼットには次の仕事で使うことになるであろうWA2000が収まったアタッシェケースがちゃんと置いてある。

シャワーを浴びてすっきりした体をスーツに包み、重量のあるアタッシェケースを手に持つ。

そのとき、一瞬、また久禮を思い出したが、武藤はすぐさまそれを頭から振り払い、カードキーを手に部屋を後にした。

テキサスにて ～狙撃手の調整～

テキサス州で二番目に人口の多い都市サンアントニオ、そこから北西へ車で四十分ほど行ったところに、バンデラという街がある。人口は千人足らず、岩地と草原が広がる丘陵地帯で、牧場が多く、カウボーイの街として知られている。

十一月中旬、東欧での仕事を片づけた武藤《むとう》はバンデラに所有している牧場を訪れた。仕事柄世界中を飛び回っており、一ヶ所に長く滞在することがなく、ここに来るのも年に二、三度だ。

十数万平米に及ぶ広大な敷地には、山があり丘があり草原があって、小川も流れている。牧草地では牛二十頭あまりと馬二頭を飼育しているが、厩舎《きゅうしゃ》にはほぼ入れず、放牧して自然の中で交配させている。そのためほとんど手が掛からず、留守中の屋敷の管理と併《あわ》せて地元で雇ったカウボーイ一人に任せている。

カウボーイのアレックスはがっしりとした体軀の大柄な男だ。浅黒く焼けた肌に筋肉隆々とした太い腕、ぶ厚い胸板。アッシュグレイの髪を短く刈り上げ、岩のようにごつい顔立ちをしている。二十六歳にしては老けて見えるが、アレックスに言わせると武藤が若々しすぎるらしい。

昨晩遅く武藤がレンタカーを運転して牧場に着くと、連絡を受けていたアレックスが大きな門を開けて出迎えてくれた。石塀と、頑丈な鉄柵の両開き扉で仕切られた砂利道は、ここから先は私道になる。

「五ヶ月ぶりですね、ミスター武藤」

アレックスの無骨《ぶこつ》な顔に、会えて嬉しいと言いたげな笑みが浮かぶ。

武藤は運転席側の窓を開け、相槌《あいづち》代わりにアレックスに向かって軽く手を挙げて、そのまま車を走らせた。

門の手前に駐められたピックアップトラックはアレックスの車だ。アレックスは元通りに門を閉じると、それに乗ってすぐ武藤のレンタカーに追いついてきた。

門から屋敷までおよそ五分、平らな牧草地の中に真っ直ぐ伸びた砂利道を進む。

ちらりと車載時計に目をやると、もう午前零時を回っていた。こんな時間までアレックスに起きていてもらうなど、いささか申し訳なかった。自分で門を開けて入るからかまわなくていいと言ったのだが、聞く耳を持たなかったようだ。武藤の久々の訪問を喜んでくれているらしい。

屋敷は、この牧場の前の持ち主だった一族が建てたもので、西部開拓時代を彷彿《ほうふつ》とさせるアーリーアメリカンスタイルの豪邸だ。煉瓦《れんが》を積み重ねたような風合いの石壁、大きく取られた窓、アーチを描く白い桟。一階に、大きな厨房と食事室、暖炉《だんろ》が造り付けられた居心地のいい居間、広々としたテラスなどがあり、二階にベッドルームが四部屋ある。いずれの部屋にも浴室と手洗いが付いていて、このままペンションかホテルを開業できそうだ。武藤が特に気に入っているのは揺り椅子が置かれた風通しのいいテラスで、座って牧場をオレンジ色に染める夕陽を眺めていると時間が経《た》つのを忘れる。

武藤が留守にしている間、家具や照明器具はカバーで覆われ、玄関には誰も立ち入らないよう厳重に鍵が掛けてある。ときどきアレックスに空気の入れ換えだけしてもらっているが、掃除までは頼んでいないので、埃《ほこり》っぽいのは否めない。

屋敷の前に車を駐め、鍵を開けて屋内に入る。スーツケースはアレックスが軽々と持ち上げて運んでくれた。

「明日、掃除を手伝いますよ。今夜は、よかったらうちに泊まりませんか」

「いや、寝室だけさっと掃除機をかけるから大丈夫。ベッドにはカバーが掛かっているから問題ない。シーツはクリーニングしたてのやつがあるしね」

「そうですか」

アレックスはあからさまにがっかりした顔をする。外観の逞《たくま》しさからタフで荒っぽい印象を受けるが、性格は温厚で真面目な人柄の男だ。武藤を見る目には熱っぽさがあり、今晩アレックスのコテージに泊まれば、一つのベッドで寝ることを承諾したのと同じ意味になるだろう。

それがわかっていたので、武藤は誘いに乗らなかった。アレックスとはこれまでに二度ほど雰囲気に流されて関係を持ったことがある。だが、少なくとも今夜は、武藤はそういう気分ではなかった。先月、バルセロナで、銃器類の調達屋をしているクレトと半年ぶりに寝て以来、なんとなく他の男とする気が起きなくなっている。クレトこと久禮《くれ》智宏《ともひろ》とも、基本的には仕事上の付き合いで、寝てはいても特別な間柄《あいだがら》ではない——今のところは。

スーツケースを二階の部屋に上げたあと、アレックスは牧場の敷地内にあるログハウスに引き揚げていった。ログハウスは住み込みで働いてもらうために武藤が貸しているものだ。ここから一キロ近く離れたところに建っている。

ピックアップトラックの尾灯《テールライト》が遠ざかっていくのを、武藤は二階の窓から見送った。

明日、いや、もう今日だが、アレックスに食料品と日用雑貨を買ってきてくれるよう頼まなければいけない。その間に武藤は一仕事するつもりだ。

ベッドカバーを掛けたままの寝台に載せたガンケースを開く。これだけはアレックスに任せず武藤が自分で持ってきた。

ケースに収まっているのはSPR Mk12。通常八百メートル以内の射程距離を狙うマークスマンライフルだ。武藤が得意とするのは千メートルほど離れた場所からの長距離射撃だが、場合によっては六、七百メートルの中距離射撃を行うこともある。これはそのために手に入れた狙撃銃だ。

七ヶ月前、クレトにこの銃を調達してもらって一件仕事を片づけた。その後これを使うような仕事の依頼は受けていないが、いつまた活躍させることになってもいいよう、もう少し自分好みに調整しておく必要を感じている。

普段武藤が使用する狙撃用の銃はボルトアクション式で、一発必中の精密射撃を念頭に置いたものだが、このマークスマンライフルは、一般兵士用のアサルトライフルをベースにしたオートマチック式だ。当然使い勝手が違う。

職業兵士や警察官なら射撃訓練を行う場所も機会も用意されているが、一匹狼の狙撃手として闇の依頼を受けている武藤が、存分に銃の試し撃ちをしたり、技を磨《みが》いたりできる場所は限られている。たとえば、テキサスの片田舎にあるこの私有地などだ。

＊

翌朝、武藤は朝食前に散歩がてらアレックスのログハウスに行った。

すこぶる真面目で、雇用したときの契約どおり牧場での仕事を完璧にこなすアレックスは、すでに起きていた。ジーンズにウエスタンブーツ、チェック柄のシャツの上にスエードのチョッキという典型的なカウボーイスタイルで、ちょうど朝食用に卵を料理している最中だった。

「おはようございます、ミスター武藤」

アレックスは武藤を見て眩《まぶ》しげに目を細めると、「朝飯、一緒にどうですか」と勧めてくれた。

買い物に行かないと冷蔵庫は空っぽだ。アレックスの言葉に甘えることにする。まさにその買い出しを頼みに来たので、家に食料がないことは隠しようもなかった。

アレックスが手際よく作ってくれた熱々のオムレツを、キッチンの端に置かれたダイニングテーブルに向かい合って座って食べる。

付け合わせのソーセージとザワークラウトも美味《おい》しかった。肘まで捲った腕は日焼けして太く、大きな手はゴツゴツしていてがさつな印象なのだが、アレックスは力仕事だけではなく料理や掃除もそつなくこなす。牧場や農園の仕事が性《しょう》に合っていると言い、よく働き、よく食べる。健康的で精力旺盛な男だ。武藤も細いわりには大食で、体もしっかり鍛《きた》えているのだが、アレックスといると自分がもやしのように思える。

食後のコーヒーをマグカップで飲みながら、武藤は用意してきた買い物リストをアレックスに渡した。

「これ、買ってきてくれないか。午後からでいい」

「わかりました。ちょうど郵便局に行く用事もあるんで、纏《まと》めてすませてきます」

「悪いね。でも助かる。頼んだよ」

武藤がにっこり微笑みかけると、アレックスはぎこちなく視線を彷徨《うろつ》かせ、武藤の顔を見ずに頷《うなず》いた。

「じゃあ、僕はそろそろ行くよ。朝食、ありがとう。コーヒーもね。ホテルで食べたみたいに美味しかった」

「あ、ミスター武藤」

テーブルを離れかけた武藤をアレックスが引き留める。先ほどまでの落ち着かなそうな様子とは打って変わって真剣な面持ちをしていたので、何事かと武藤も気を引き締めた。

「このところ近郊の農場や牧場で窃盗被害が相次いでいるそうです。真っ昼間でも油断せず、変なやつが来たらすぐに保安官に連絡してください」

「それは物騒《ぶっそう》だね。気をつけるよ」

武藤は神妙に返し、ログハウスを後にする。窃盗とは穏やかでない話だが、金目の物は特に置いていないので、ここに押し入っても無駄骨だ。むろん警戒は怠《おこた》らないが、それほど深刻には受けとめなかった。いざとなれば身を守ることに徹するだけだ。

朝からたっぷり食べたので、腹ごなしを兼ねて牛と馬を放牧している丘陵地まで足を伸ばすことにした。

草原で草を食《は》む家畜の姿を遠目に眺める。アレックスが飼っているジャーマンシェパードの姿も見かけ、将来はああいう賢い犬と一緒に、こんな田舎で暮らすのもいいかもしれないなどと思いもした。ときどき気まぐれに湧く感情だ。なんのかんの言っても、武藤は今の生活が気に入っている。田舎より都会のほうが性に合っているのも自覚していた。

食後の散歩に時間をかけたので、屋敷に戻ったのは十時過ぎだった。

ウール混のシャツの上に射撃用のベストを重ね、さらに膝丈のマウンテンパーカーを羽織《はお》る。ズボンはアウトドア向けのカーキのパンツに穿《は》き替えた。

ガンケースをトランクに入れ、車で広い所有地を移動する。

さっき歩いてきた牧草地を越え、乗馬コースになっている森を回避して五分ほど車を走らせると、大小の岩がゴロゴロした平地の荒野が現れる。風が吹くと土埃が舞うような場所で、遠くに敷地の境界を示す木の柵が見える。ここまで来ると辺りに自分以外の生きものがいる気配は感じられなくなる。

「さてと」

武藤は柵の傍《そば》まで行って車を降り、トランクに積んできた荷物を取り出した。今まで何度もしてきたように、砂を詰めたビールの空き缶を五つ、柵の柱に置いていく。

こうして標的を作り、そこから車で六百メートル離れた場所に移動してＳＰＲ Ｍｋ12を構える。

スコープを覗《のぞ》き、柵の上に置いた空き缶に照準を合わせ、慎重に標的を狙い撃つ。

マズルには専用のサプレッサーを装着しているので、発射の際に生じる音はかなり抑えられる。

弾は狙いどおり左端に置いた空き缶を撃ち落としたが、武藤の感覚からはコンマ何秒かのごく僅《わず》かなズレがあった。

やはりか、と不具合を再認する気持ちで小さく溜息を洩らす。

試しにもう一度別の的を撃ってみたが、結果はだいたい同じだった。当たりはするが、微妙な違和感が残る。精密射撃を行う者として、こうした些細な引っ掛かりを蔑《ないがし》ろにできない。

普段よく使っている長距離狙撃銃とは銃身の長さも違えば弾頭重量も違う。なにより、ボルトアクションとオートマチックでは命中精度に差がある。オートマチックのほうが複雑な構造を持つので、干渉し合う部分が増え、ちょっとした動きが影響を及ぼしやすい。それでもこの銃を選ぶのは、二射目を即座に撃たねばならないかもしれない状況が想定されるときだ。武藤は単独で仕事をするため、たまにこうしたケースにぶつかる。相棒にスポッターがいれば、いざというとき撃ってもらえるので、自分ですぐに二発目を撃つ必要はなく、選ぶ銃の種類も変わってくるのだが、こればかりはないものねだりだ。

三つ目、四つ目と一回一回結果を頭の中に記録し、検証しながら慎重に撃ち方の調整を繰り返す。

標的をすべて落としてしまうと、また並べに行き、戻ってきて撃つ。

射撃の訓練に勤《いそ》しんでいると、あっというまに時間が経つ。

気づけば午後四時を回っていた。

買い出しを頼んだアレックスも町から帰ってきているかもしれない。武藤がいなくてもアレックスなら合鍵で邸内に入れるので、買ってきた品物は冷蔵庫や貯蔵庫に仕舞《しま》ってくれているだろうが、そろそろ日も傾いてきたので、このへんで引き揚げることにする。

撃ち落とした缶を拾い集め、ライフルをガンケースに収めて車を出す。

途中、右に行けば牧場のゲート、左に行けば屋敷に向かう分岐路を通るのだが、そこに差しかかったとき、鉄柵の巨大な門の外にシェリフ《保安官》のパトカーと思《おぼ》しき車輌が停まっているのが見えた。

二百メートルほど離れていたが、武藤はすこぶる視力がいい。テキサス州の保安官が乗っている車と同じペイントが施されているのがわかり、おや、と思った。

保安官が何か用があって訪ねてきたのだろうか。

今朝、アレックスから聞いた窃盗犯の話が頭にあって放っておく気になれず、武藤はそちらにステアリングを切った。

まだだいぶ距離があったが、パトカーの助手席側のドアが開き、男が降りてきた。薄茶色のサファリシャツ風の上衣の袖に保安官を示すワッペンが縫い付けられている。つばが大きく反り返ったウエスタンハットに濃いサングラス、腰には拳銃入りのホルスターと、見るからに保安官らしい風体だ。運転席にも男が乗っているようだったが、こちらは降りてくる様子はない。

武藤の車はゲートの数メートル手前まで来ていた。徐行しながら窓を開けて首を出し、

「何かありましたか」

と声を張って尋《たず》ねる。

下腹の出た肉付きのいい男は鉄製の門に手を掛け、いささか横柄《おうへい》な態度で武藤に降りてくるよう濁声《だみごえ》で命令してきた。酒の飲みすぎで喉が荒れでもしているかのような声だ。なんとなく不摂生していそうな印象を受けたので、勝手な想像が働いた。

武藤が歩いて門に近づいていくと、男は胸の保安官バッジを親指を反らして示した。

「見かけない顔だが、もしかしてあんたがここの所有者か」

「ええ。昨夜遅く着いたんです。仕事柄日本とこちらを行き来しているもので。留守のときは雇い人に管理を頼んでいます」

武藤は爽《さわ》やかに事情を説明する。職業に関しては、本当のことは言えないので、適当に脚色した。

保安官の男は別段疑うふうもなく、武藤の肩越しに敷地内をぐるりと見渡していた。

「最近この近辺に泥棒が多発しているんだ。ここには、あんたと管理人の二人だけか」

「ええ。僕は独り者なので。ですが、セキュリティは万全です。ほら、このとおり門も高くて頑丈ですし。ご心配には及びません。そもそも、うちには金目の物なんか一つもないんですよ」

確かに門扉《もんぴ》は二メートル半ほどもある巨大なものだが、塀のほうは形ばかりなのでいくらでも乗り越えられるし、そもそもこの正門以外の場所には敷地の境界を知らせる木の柵しかないから、もっと容易に入り込まれそうだ。屋敷にもこれといって防犯設備はない。盗られて困るものなど本当にないからだ。

だが、これだけの土地に、それなりの豪邸が建っていれば、窃盗犯に狙われても不思議はない。大丈夫でしょう、と武藤はのほほんとした調子で言っておいた。へたに保安官に巡回を強化されては本業に差し障《さわ》りが出るやもしれず、武藤にとっては泥棒よりそっちのほうがよっぽど面倒で迷惑だからだ。

「とにかく、寝るときは戸締まりを確実にすることだ。あんたはモヤシみたいにひょろひょろだが、管理人は少しは頼れそうだな。さっき町で買い物してるとこを見かけて身元を確認したら、ここの雇われ人だと言うので、ちょっと牧場主に挨拶《あいさつ》しに来たんだ」

「そうでしたか。それは、わざわざどうも」

保安官は中に入って敷地を見せろとまでは言い出さなかった。言われてもやんわりと断るところだが、よけいな手間を省けて幸いだった。

「念のために、いつまでここにいる予定か聞いておこう」

武藤は愛想よく微笑みつつ、「わかりません」と濁した。実際、次の仕事が決まるまでは、どこで過ごそうとさほど差し障りはない状況だ。ここが気に入ればひと月くらいいてもいいし、明後日くらいで切り上げて、短かったプーケットでのバカンスの代わりをどこかでやり直すのも悪くない。

「そうかい」

はぐらかされたとでも感じたのか、保安官はサングラスの縁からはみ出た太い眉を面白くなさそうに寄せ、背後のパトカーを気にする素振りを見せた。

いろいろはっきりさせておかないとうるさい上司でもいるのかと揶揄《やゆ》したくなったが、今は少々鈍い一般人を装っているため、そのままやり過ごす。

「ま、俺たちもパトロールしているから、そう心配する必要はない。とりあえず戸締まりだけは確認して寝な」

通り一遍《いっぺん》のセリフを吐いて保安官は助手席に戻った。運転席に座ったままだった痩《や》せ気味の男がすぐにパトカーを動かし、公道を走り去る。

武藤はパトカーを見送ってから自分もまた車に乗り込んだ。

「戸締まり、ねぇ」

屋敷に向かいながら、今し方の会話を反芻《はんすう》して独りごちる。あの保安官はなかなか興味深い男だった。暇潰しにもう少し話していてもよかったのだが、向こうはそこまでの余裕はないようだった。

屋敷の前に車を停めたとき、アレックスがちょうど玄関から出てきた。

「ミスター武藤」

「やぁ。買ってきた品を置きに来てくれたんだね。手間をかけさせて悪かったな」

「たいしたことありませんよ」

アレックスは図体に似合わぬはにかんだ顔をする。

「今日はずっとお出掛けだったんですか」

「うん、ちょっとね」

武藤は具体的な返事はせず、ゲートのところで保安官と話したことにも触れず、代わりに、朝食のお礼にこれから晩餐《ばんさん》を一緒にどうかと誘いかけた。言葉どおり夕食だけのつもりで、深い意味はない。そのニュアンスは、武藤のさばさばした物言いや、色めいた雰囲気を微塵《みじん》も醸《かも》し出していないところからアレックスにも察せられたようだ。

一瞬残念そうな表情を浮かべたものの、断るという選択肢はなかったのか、気を取り直した様子で武藤についてきた。

「簡単なものしかできないけど、レンジフードよりはマシだと思うよ」

「よかったら俺が作りましょうか」

料理はおそらく自分のほうができるのではないか、と言いたげな顔をするアレックスに、武藤はすんなり「じゃあ」と厨房を任せた。こちらから晩餐に招待したにもかかわらず料理をさせるとは、我ながらちゃっかりしていると思いつつ、生来《せいらい》の人好きする得な性格でうまいことやってしまう。

およそ一週間分の食材を買ってきて、冷蔵庫や貯蔵庫に収めた本人なだけに、アレックスは家主である武藤よりどこに何があるか把握している。

「ステーキとチリコンカン、フライドポテトとかでいいですか」

「もちろんだよ。僕もジャガイモの皮剝きくらい手伝うから」

「いや、いいです。ミスターはゆっくりしていてください」

アレックスが武藤に手伝わせようとしないのは、おそらく、自分でやったほうが早いし納得のいく出来になると思ったからに違いない。正直な男なので、考えていることがそこはかとなく顔に出る。武藤はアレックスの気持ちを汲《く》んで食べるだけに専念させてもらうことにした。

お言葉に甘えて、武藤はガンケースを抱えて二階に上がった。

寝室の部屋の窓から外を覗くと、玄関側とは反対の草原が見渡せる。一キロほど先に森林がぽっこりとあって、そこまでは見事に平らな土地が続いている。テキサスの広さを実感する眺めだ。森林のさらに奥が、昼間空き缶を撃ちまくった荒れ地だ。

ガンケースから取り出したＳＰＲ Ｍｋ12を草原に向けて構え、スコープを覗いてみる。

日没前の草原は、太陽に焼かれて濃い黄色とオレンジ色とが溶け合った色彩に染められている。

スコープには暗視装置も付いているので、完全に日が暮れてしまってからでも狙いは付けられる。

数百メートル先の地面に生えた草の葉一枚に照準を合わせてみて、武藤は微妙な笑みを浮かべた。

「まぁ、癖さえわかっていれば狙撃自体は問題ないが、ストレスにはなるな」

ライフルを下ろし、元通りガンケースに収め、ケース自体は壁際に据えられた猫脚のコンソールテーブルの上に置く。

それから武藤はシャワーを浴びた。

土埃にまみれる場所に半日近くいたせいで汗ばみ汚れた体を流し、髪を洗ってさっぱりする。

新しいシャツとストレートジーンズに着替えて一階に下りていくと、厨房から肉の焼けるいい匂いが漂っていた。

「そろそろ呼ぼうかと思っていたところですよ。いいタイミングだ」

焼き立ての肉をトングで掴み上げ、大きめのプレートに盛りつけつつ、アレックスが笑顔で言う。熱々のフライドポテトを豪快に添え、瓶詰めのピクルスで小山を作る。根っからのテキサス男であるアレックスにとっては、これが普通の量なのだ。

料理をしていて暑くなったのか、シャツのボタンをいくつか開けており、隙間から筋肉隆々とした胸板が覗いている。頭髪と同じアッシュブロンドの胸毛が濃く生えているのを見て、武藤は頰を擦り寄せたときの感触を思い出す。激しく動いたせいで割れた胸筋の間に溜まった汗が胸毛に絡み、きつめの体臭に酔いそうだった。不快ではなく、むしろ官能を刺激されて下腹部の疼《うず》きが増して、あられもない痴態《ちたい》を晒《さら》した記憶が甦《よみがえ》る。

アレックスとのセックスは悪くなかった。一晩中愉悦を味わわせてくれるタフな相手はそうそう見つかるものではない。アレックス自身のことも、好きは好きだ。

ただ、それも八ヶ月前までの話で、最後に寝たときには、よもやこれっきりになるとは武藤も想像していなかった。

心境の変化としか言いようがない。

一瞬、久禮智宏の顔が脳裡《のうり》を過《よぎ》ったが、武藤はすぐさま頭から振り払った。

「ワイン、開けますか」

武藤の意識が現実に立ち返ったのを見計らったようなタイミングのよさでアレックスが聞いてくる。

「ああ、うん。それくらいは僕がやるよ」

「その間に料理はダイニングに運んでおきます。ワイングラスも」

「了解」

武藤はにっこり笑って厨房と続きの食品貯蔵庫に入っていく。貯蔵庫の奥に中型のワインセラーを設置しており、そこにワインが数十本保管してある。特別高価なものは置いていないが、どれも品質がよくて武藤のお気に入りばかりだ。その中から武藤はスパイシーな風味のチリ産の赤ワインを選んだ。

ダイニングテーブルにはステーキをはじめ深皿に山盛りにされたチリコンカンや、チーズをたっぷり削り掛けたシーザーサラダ、タコスなどが並べられ、準備万端だった。

向かい合ってテーブルに着き、赤ワインで乾杯する。

朝も夜もアレックスと一緒に食事をするのに、二人の間にはおそらく今夜も何もない。アレックスのほうは武藤からの誘いを待っているようだが、武藤はあえてそういう雰囲気に持ち込ませないようにしていた。体だけなら応《こた》えられるのはわかっているが、気持ちが乗らないのだ。

「町で保安官に声をかけられました」

アレックスからこの話が出た。

「戸締まりに気をつけるようにと」

「もちろん、ちゃんとするよ。仕事熱心な保安官だね。何か起きても安心していられるよ。きっとすぐ駆けつけてくれるだろうから」

このときも武藤は自分も保安官と話したことは言わなかった。どこで会ったのか説明するのが面倒くさかったのだ。よもやアレックスも、保安官がわざわざ牧場を訪ねるとは思ってもみなかっただろう。

アレックスは武藤の顔をしばらくじっと見つめ、何か言いたげに唇を薄く開いたままにしていた。

肉感的な厚い唇に惹《ひ》きつけられて、体の芯が疼くようにジュンと熱くなる。

二人を囲む空気まで艶っぽく濃密になった気がしたが、武藤は素知らぬ顔で視線を逸《そ》らし、ナイフで切ったステーキを口に運ぶ。

アレックスの口からふっと溜息が洩れる。

「ミスター武藤。今夜こっちに泊まったらだめですか」

とうとうアレックスがはっきりと言葉にして伺《うかが》いを立ててきた。

「強盗が心配？」

最初、武藤はわざとそちらに水を向け、核心を逸らそうとした。

「もちろん、それもありますが」

アレックスは怯《ひる》まず、話を軌道に戻す。ごまかしは利かないようだ。

「悪いけど夜は夜で、一人でやりたいことがあるんだ。いろいろとね」

武藤はやんわりと、だが、とりつく島がないように断る。アレックスは仕方なさそうに引き下がった。しつこくなくて潔《いさぎよ》い。こういう態度を見るたびに、理性的で聡明な優しい男だと感心する。いい男だ。管理人を探していたとき、面接に来たアレックスの第一印象が文句なしによく、即決する勢いで雇うことにした。あのときの己《おのれ》の目の確かさを自慢したいくらいだ。

昨晩に続けて今夜も夜の誘いは断ったが、アレックスは晩餐の時間を最後まで穏やかに、居心地よく過ごさせてくれた。年下にもかかわらず、武藤よりよほど大人の対応をする。武藤はちょっと恥じ入った。セックスはしないにしても、就寝するまでの時間を語らったり映画作品を観たりして過ごすくらいはできるはずだ。

明日の夜ならそうしてもいい。明日もう一度アレックスから言い出せば、だが。

今夜はどのみち、邪魔が入りそうな予感がするので、武藤はアレックスを遠ざけておきたかったのだ。

*

裏庭の芝生を忍び足で踏みしめる微《かす》かな音を聞き、武藤はパチッと瞼《まぶた》を開けた。

ドレープカーテンを開けたままにしておいた窓から月光が差し込み、ベッドの上を薄明るく照らしている。

上体を起こして、ベッドサイドチェストの上の置き時計を見ると、時刻は午前三時過ぎだった。だいたい予想どおりだ。

おそらく来るだろうと思っていたが、やはり泥棒たちは今夜のうちに武藤の屋敷に押し入ってきた。

盗るものなどないと言ったのに。人の話を聞かないやつらだ。

武藤は寝間着《ねまき》姿で裸足のまま、ラグを敷いた床に下り、僅かな物音も立てずにコンソールテーブルに近づいた。

そうしている間にも手慣れた泥棒たちは厨房脇の裏口に向かい、苦もなく鍵を壊しているに違いない。裏口の鍵など道具があればものの数秒で開けられる。

窃盗団は少なくとも四、五人のグループではないかと思われる。たぶん偽物だろうが、保安官の制服やバッジ、パトカーまで周到に用意し、二人がかりで狙いを付けた家を偵察に来たことから考えると、それくらいの人数はいそうだ。

屋敷の中に侵入者の気配がする。二階の寝室にいても、武藤には階下を歩き回る複数の存在を感じとれた。

武藤にとって大事なものはこの屋敷には置いていないが、一般的な価値観からすれば、居間に適当に置いてある純金製の彫像や、飾り棚に並べた骨董品《こっとうひん》、壁に掛かっている有名画家の絵画などは盗み甲斐《がい》のある品だろう。

それだけ持っていけば、わざわざ二階まで来て家人を起こさずとも撤収するに違いない。窃盗団が殺人や傷害まで働いたという話は聞かないので、向こうも家人と鉢合わせするのは避けているのだと思われる。そのために下調べしてから押し入っているのだろう。

ゲートを挟んで遣《や》り取りした男が贋《にせ》保安官だと、武藤は最初から気づいていた。向き合ったときに受けた感触が、これは怪しいと神経を逆撫でしたのだ。要するに勘《かん》なのだが、疑いを持った上で話を聞くと、いよいよ間違いないと感じられ、今晩来ると確信した。

武藤が細身の優男《やさおとこ》ふうで、危機感もあまり持ち合わせておらず、唯一障害になりそうな管理人は屋敷から一キロ近く離れたログハウスで寝起きしているとわかれば、決行するに違いない。だから、今夜アレックスを泊めなかったのだ。へたに侵入者と対峙《たいじ》するのは危険だ。武藤の手前、アレックスは退かずに立ち向かおうとするのではないかと思うと、居合わさせたくなかった。

階下で金目のものを物色し、運び出そうとしているであろう泥棒たちに、武藤が起きていると悟らせてはならない。武藤は慎重にガンケースを開けると、マークスマンライフルを手に取った。

暗視スコープとサプレッサーを取り付け、窓辺に移動する。南に面した大きな窓ではなく、東側にある縦長の腰高窓だ。明かり取り用に三つ並んだうちの一つに近づき、外を見渡すと、二百メートルほど離れた位置に立つ大木の陰に五人乗り四ドアピックアップトラックが駐めてある。あれに盗んだ荷物を積んで、逃げるつもりなのだ。

そのまま壁際に身を寄せて窓の外を見ていると、居間のガラス戸を開け放った泥棒たちがテラスを下りて外に出てきて、車のほうへ向かうのが見えた。

二人一組で大きめの箱を運んでいく連中の後に、それぞれ荷物を抱えた者が二人、平らな草地をえっちらおっちら重い荷物を持った足取りで歩いていく。武藤の想像以上にあれこれ欲張って盗み出すつもりのようだ。

屋敷に侵入した泥棒は四人だったらしい。

ピックアップトラックの運転席にも仲間が乗ったまま待っていたとして、今夜ここに来たのは五人ということになる。

荷台に盗んだ品を載せ、防水シートを掛けると、四人は急いで車に乗り込んだ。助手席に一人、後部座席に三人だ。

窃盗団が全員車中に入ったのを見定めてから、武藤は大きいほうの窓辺に移動した。

両開きの窓を開け、バルコニーに出る。

ピックアップトラックはすでに動きだしていたが、武藤はいささかも慌てていなかった。

慎重にライフルを構え、暗視スコープを覗いて照準を合わせる。

暗い中、動く標的を撃ち抜くのはなかなかに難しいが、大木の陰を出ると、ここから見える範囲には遮《さえぎ》るものがない平地を走ることになる。障害物がない分、狙撃はしやすい。

狙う距離は六百メートル。

動く標的に当てるときは、標的がその瞬間どこに移動しているかを予測し、先回りして撃たなければいけない。

トリガーに指を掛け、その一瞬を待つ。

呼吸をするだけで体は動くので、狙撃手は狙いを定めたら十秒呼吸を止める。それ以上になると血液中の酸素が低下し、視力が落ちる。戦場でなら十秒も静止する余裕はないだろう。せいぜい四秒だ。そうして、トリガーに掛けた指だけを動かす。

武藤は自分でも血が凍っているのではないかと己の体を訝《いぶか》しみたくなるほど落ち着いていた。

今だ、と判断した瞬間にトリガーを引く。

サプレッサーで発射音をほぼ消した銃口から、弾頭重量を僅かに増した精密射撃用の弾丸が飛び出す。

パーン！　と空気を裂いたような爆音が、深閑《しんかん》としていた夜の戸外に響き渡った。

タイヤを撃ち抜かれたピックアップトラックが尻を振り、あらぬ方向にハンドルを取られる。

ガタガタと車が激しく震動するのが見てとれた。

車内は少なからずパニック状態になっているだろう。逃げる途中、タイヤがパンクするとは誰も予想していなかったに違いない。

「うーん……やっぱり、調整が必要だな」

武藤はライフルを下ろして窓の傍を離れると、ベッドサイドに歩み寄り、時計の傍に置いておいたスマートフォンで保安官事務所に電話した。

「あ、もしもし？　夜分にすみませんが、さっき庭でものすごい音がしたので外を見たら、知らない車がタイヤをパンクさせて立ち往生《おうじょう》しているんです。もしかして泥棒に入られたのかもしれません。ええ、僕は無事なんですが、怖いから二階の部屋から出られません。すぐ来ていただけますか」

これでいい。

武藤は通話を終えたスマートフォンをシーツの上に投げ遣り、ふわりと微笑んだ。

ガンケースに収めたライフルは、クローゼットの棚に仕舞う。

ドンドンドン、と寝室のドアが叩かれたのは、クローゼットから出た直後だった。

「ミスター武藤！　無事ですか」

アレックスだ。

派手なパンクの音を聞いて、何事かと驚き、一も二もなく武藤の無事を確認しに駆けつけたらしい。

「無事だよ」

武藤が寝室のドアを開けると同時に、アレックスが飛び込んできた。

そのまま武藤に突進する勢いで近づいてきて、ぎゅうっと抱擁《ほうよう》される。

「アレックス……く、苦しい……っ」

緩《ゆる》めて、と頼むと、アレックスはハッとした様子で腕の力を弱め、照れくさそうに顔を逸らした。

「すみません。つい」

「心配かけたんだね。ごめん」

「やっぱり、泊まるべきでした」

アレックスは後悔しきっているかのごとく唇を噛む。

「あいつら、まだ車にいる？」

「いえ。来る途中、車からゾロゾロと降りて、一目散《いちもくさん》に走り出すのが見えました。手ぶらでした。俺はあいつらより、ミスターが心配だったので、追いかけられなかった。だが、逃げてもすぐにFBIが逮捕するでしょう」

FBI——？

武藤は微かに眉を寄せたが、アレックスは気づかなかったようだ。ついポロッと口をついて出たのだろう。

なるほど、と武藤は口元に薄く笑みを刷《は》いた。それもほんの一瞬のことで、すぐに緩めた唇を結び直す。

そろそろ保安官が到着するのでは、と思った頃に、まさにパトカーがやってきた。

「アレックス、悪いんだが、先に行って保安官たちにわかる範囲で事情を説明してきてくれないか。僕も着替えたらすぐ行くから」

「承知しました。ゆっくり支度してください。それまで俺が相手をします」

アレックスは武藤の頬に愛しげに指を走らせると、キスしたいのを我慢した様子で離れていった。

武藤はアレックスが寝室から出ていくと、ドアを閉め、スッと表情を引き締める。

「驚いた。いや、まいったな」

アレックス、あいつFBIだったのか。近づいてきた目的はスナイパー武藤啓吾《けいご》の逮捕なのか。それとも別に何かあるのか。

今の段階では謎だらけだが、これは、ずいぶん面白くなってきた――。

それよりまずは、ライフルのほうだ。

右手で寝間着のボタンを外しつつ、左手でスマートフォンをベッドから拾い上げ、操作して電話をかける。

呼び出し音を聞きつつ、バルセロナは今何時だったっけ、と遅ればせながら考える。

もしもし、と不機嫌さ丸出しの声でクレトが出た。

「武藤だ。一つ頼みがある。SPR Mk12なんだが……」

スマートフォンを肩と頬で挟んでクレトと話しながら、寝間着を脱ぎ落とし、ジーンズを穿く。

ふと視線を向けた窓の外、空はまだ暗かったが、乗り捨てられたピックアップトラックの周囲には、警察車輌が何台も集まってきており、ヘッドライトや回転灯のおかげで、夜とは思えない明るさになっていた。

闇夜に霜の降るごとく
~狙撃手の再会~

「どこの国でもパンダは人気者ですね」

コロンとした白黒の体を丸め、笹の葉をムシャムシャと食べる姿を見学用の通路から眺めながら、武藤啓吾《むとうけいご》は傍《かたわ》らの女性に気さくに話しかける。

パンダ館にある屋内活動場には、岩や木や繁み、滝が流れる水場などが設《もう》けられており、通路との間はガラスの壁で仕切られている。ここだけでも相当な広さだが、隣には屋外運動場も造られている。マカオでもやはりパンダは特別待遇だ。

「パンダお好きなの？」

「ええ、まぁ」

おもむろに顔を上げたパンダと目が合った気がして、武藤はパンダに向かってにっこりと笑いかけ、ひらひら手を振った。

「日本では上野《うえの》動物園にいるパンダしか見たことないんですが、あっちはこんなにじっくり見られる環境じゃないんですよ。一時間ごとの入れ替え制っていいですね」

時間ごとに区切って定員制の入場制限がされているため、混み合って身動きするのも大変といったこともない。

適度に人がいて、皆それぞれパンダや家族や恋人に意識を向けている。傍目《はため》には武藤と連れの女性も、いちおう恋人同士に見えているだろう。

マカオの五月はもう暑い。

今日ここで初めて顔を合わせた女性はミンナと名乗った。本名かどうかなどといった野暮な勘《かん》繰《ぐ》りはしない。そこはお互い様だ。

つば広の帽子に濃いサングラス、胸元が大きく開いたノースリーブのワンピースに、袖を通さず羽織った薄地のカーディガン。年の頃は三十代半ばから四十代手前くらいだろうか。喋《しゃべ》り方や堂々とした立ち居振る舞いから武藤より少し年上かと思われるが、肌の張り艶ぶりからすると案外もっと若いのかもしれない。全体的に洗練された印象の、有能で抜け目のなさそうな女だ。

「パンダのレンタル料って、日本だと年間約一億とか払ってるらしいですけど、中国特別行政区のマカオもやっぱり払うんですかね」

「払わないわよ。『一つの中国』という原則があるもの」

ミンナはおかしそうに赤く塗った唇をカーブさせ、武藤を仰ぎ見る。サングラスの奥の見えない目が揶揄《やゆ》しているようだった。

「あなたにはもちろん言い値でお支払いするから安心して。依頼主は約束を違《たが》えることはないわ。保証します」

「うーん……、でも、そもそも、依頼者本人がここに来なかっただけで、僕はこのご相談を蹴ることができるんですけどね」

武藤はミンナと並んで二列あるうちの後ろ側の通路をゆったりした歩調で歩きながら、困っているかのように言う。

「今度の依頼、相手がかなりの大物なだけに、僕も準備に慎重にならざるを得ません」

「それはこちらも同じよ」

ミンナは怯《ひる》んだ様子もなく、悠然とした態度で武藤と渡り合う。

「あなたの評判は耳にしているし、ある筋から、人格的にも信用できる人物だと太鼓判を押してもらっているわ。だけど、依頼主もあなた同様すこぶる付きの慎重派なの。その分、謝礼は言い値でお支払いすると仰《おお》せよ。あなたは主義主張や好悪ではなく、お金次第だと聞いているけれど」

「ええ。まったくそのとおりです」

無心にお気に入りの笹を探すパンダから目を離さずに、武藤は悪びれることなく頷《うなず》く。仕事を依頼する前に、きちんと自分という人間について調べてくれてありがとう、おかげで手間が省けて助かります、という気持ちだった。

「それでも気になるようだったら、今夜ここにお行きなさい」

さりげなく腕を組んで体を寄せてきたミンナが、武藤の着ている半袖シャツの胸ポケットにカード状のものを差し入れる。

「これは？」

「コタイエリアにあるターゲットが経営するカジノのＶＩＰカードよ。それさえ持っていれば裏カジノに潜入できるわ。チップ一枚三万五千香港ドル、日本円にすると五十万円くらいかしら。

一晩で億単位のお金が普通に行ったり来たりしてる上得意客専用ルーム」

「そこに今晩ターゲットが？」

武藤が調べた限り、ターゲットはめったに外出せず、自分の店を訪れることもほとんどないはずだ。

「いいえ。でも、そこである人物と会えるわ。向こうから声をかけるでしょうけれど、あなたも以前会ったことがある人だから、見ればわかるはず」

「罠《わな》でない保証は？」

「そのＶＩＰカード、キャッシュカードにもなっているの。どこの国の銀行からでも現地通貨で引き出せる。そこに前金が入っているわ。あの垂れ目の子のレンタル料くらい」

パンダの目は垂れてない、と突っ込みたいのを堪《こら》えて、武藤は頷いた。

「いいでしょう。一億が担保ということで」

「失敗したら残りの報酬はなしよ。あと、もし裏切ったりすれば、今度はあなたを狙う人間が雇われることになるわ」

「僕のほうも、腕一本でやっています。悪い評判が立つと今後の仕事に影響しますから。そこは信じていただいていいかと」

「そうね」

ミンナは快活な声で返すと、木に登って寛いでいるパンダを見遣《みや》り、

「まぁ可愛いわよね」

と取って付けたように言う。

武藤は「でしょう」と相槌《あいづち》を打ち、連れ立ってパンダ館を出た。

パンダ館はコロアネ島の自然保護公園の一角にある。

「よかったら送りましょうか」

車を駐めた駐車場に向かうミンナの申し出を武藤はさらりと断った。

「路線バスで街を見ながらのんびり移動しますよ。気が向いたらタイパビレッジに寄ってアート巡りしようかと」

「そう。じゃあここで」

ミンナはあっさり引き下がると、後はもう振り返りもせずに歩き去っていった。

「前に会ったことのある人物……ね」

マカオには何度か来ているが、今回の依頼に関係していそうな人物は思い浮かばない。

まぁいい。武藤はすぐに考えるのをやめた。行けばわかることだ。

武藤はポケットに入れられたカードを抜き出した。コタイエリアにあるカジノのシンボルマークが金で刷られた黒いカードだ。ＩＣチップも埋め込まれている。カジノのＶＩＰカードが銀行預金の出入金も兼ねたキャッシュカードになっているというのは、なるほど合理的かもしれない。

マカオのカジノは基本的にはカジュアルな服装でも入店させてくれるのだが、さすがにＶＩＰ

ルームに客として正面から堂々と入るなら、スーツくらいは着ていったほうがいいだろう。

タイパビレッジの街中に散見されるという壁絵などの現代アート作品を鑑賞したら、いったん逗留先のホテルに戻り、着替えて出直すことにする。

カジノで誰と会うのか、とりあえず楽しみだった。

*

マカオと言えばカジノと世界遺産がまず頭に浮かぶ観光都市だ。有名な自動車レースのコースにもなっている。

大陸と続きになったマカオ半島には、ランドマークのマカオタワーや、老舗《しにせ》のホテル、カジノが林立する。

中でも、十年あまり前に著名なカジノ王によって建てられた、地上二百五十八メートルの高さを誇る特徴的な形のカジノホテルは一際異彩を放っており、ネオンに彩《いろど》られた夜の光景が観光案内にしばしば掲載されている。

武藤が今回宿泊するのは、このホテルだ。

自衛官から傭兵《ようへい》を経て現在の職業に至った武藤にとって、スーツというものは着慣れない服装の筆頭だが、幸い体型が向いているらしく、着ればなんとなく様になる。

身形を整えた武藤はホテルからタクシーでコタイエリアに向かった。

マカオ半島の南にはもともとタイパ島とコロネア島の二つがあったが、二島の間が埋め立てられ、一つの島のようになっている。その埋め立て地がコタイエリアと呼ばれる区域だ。半島とは三本の橋で繋がっており、コタイエリアには名だたる人気カジノやリゾートホテル、ショッピングセンターが集まっている。家族連れでも楽しめるアミューズメントもあるので、観光客に人気の場所だ。

マカオで最初に営業を始めたカジノがある半島側に対して、新興のコタイエリアには複合型の巨大施設が多く、中にはカジノだけで東京ドーム一つ分に相当する敷地面積を誇るところもあるほどだ。

武藤がタクシーで乗りつけたのは、そこまで規模の大きなところではないが、部屋数七百超のホテルの地下に、およそ五百台のスロットと百卓のゲームテーブルを備えたカジノを開いている。

カジノには、宿泊客だけでなく、外からの客も身分証さえ提示すれば入店することができる。出入り口はホテル一階のロビーラウンジの片隅にある。表示があるのですぐわかった。地下へ向かう緩やかにカーブした通路の手前に黒服を着た係が立っていて、そこで身分証のチェックを受ける。宿泊客であればルームキーを持っていればいい。武藤はここではパスポートを見せて、問題なく通してもらえた。

建物自体は比較的小振りだが、内装は凝《こ》っていて、シックな落ち着きと本物志向の高級感を醸《かも》し出しており、なかなか趣味のいい空間になっていた。

経営者はマカオの社交界で『女帝』と渾名《あだな》されている女傑《じょけつ》だ。遣り手で、裏では相当阿漕《あこぎ》なまねもしているらしい。武藤も調べてある程度までは把握しているが、どんな人物であれ仕事を受けるにあたっては考慮しない。武藤はただ、持ちかけられた仕事の中から、条件に合うと判断したものを、無感情でこなすだけだ。そうでなければ人に向けて引き金を冷静に引くことなどできる気がしない。

傾斜した通路を歩いて地下に下りると、カジノ場のフロントがある。

ここで手荷物があれば預け、チップを購入する。場内では賭け金以外にお金は必要ない。様々なアルコール類やソフトドリンクを出すバーカウンターも、食事ができるフードコートも、すべて無料だ。

VIPルームはチップ一枚五十万円が最低レートだという話だったが、一般人向けには日本円にして二百五十円相当から十万円相当まで五種類のチップが用意されている。

武藤はとりあえず十万円ほどをチップと交換し、奥に進む。

場内は適度に混み合い、賑《にぎ》わっていた。カジュアルな服装で気さくに訪れた感じの観光客が多く目につく。人気はやはり初心者にも操作が簡単なスロットのようだ。マシンは八割方埋まっており、時折あちこちから歓声や悲鳴が上がる。

カジノ場の内装は、いかにも遊技場らしい派手な感じにされていた。ただ派手なわけではなく、重厚感もある。床には起毛のしっかりした柄物の絨毯《じゅうたん》が敷き詰められ、天井にはシャンデリアが輝き、椅子は深紅《しんく》のビロード張りだ。壁は深みのある緑色をしている。大人の遊び場、という雰囲気だ。

テーブルを使って行うゲームでは、バカラに人が集まっている。テーブルゲームの中ではポピュラーな部類に入り、なおかつルールが簡単なので、これまた初心者が手を出しやすい。ポーカーのように自分がプレーするわけではなく、プレーヤーとバンカーどちらが九に近い数を出すか当てるだけの単純なゲームだ。確率は必ず二分の一。ルーレットのような緻密《ちみつ》な計算は必要なく、勝敗は運で決まる。軽く遊ぶにはもってこいだろう。

ポーカー、ブラックジャック、ルーレット、メジャーな台はだいたい埋まっていて、ゲームが進行中だった。見物人も多い。武藤はどの台でも足を止めず、プレー中の人々を横目で見ながらぶらぶらと歩を進めた。

そうして場内をざっと一巡りしてみたが、知った顔は見かけなかったし、VIPルームへの行き方も一般客の目につくようにはされていないようだった。

やはり最初からVIPカードを見せて案内してもらうべきだったか、と思いつつバーカウンターに近づき、マティーニを注文する。

白い上着に蝶ネクタイ姿のバーテンダーが、オーダーが入った順に飲みものを作っていく。手際のいい仕事ぶりを見ながら、マティーニができるのを待っていると、こちらに向かって歩み寄ってくる女性に気がついた。

一瞬、武藤は状況が呑み込めず、意表を突かれた心地で目を瞠《みは》った。

会うのは約半年ぶりだろうか。もう一度縁があるとは思っておらず、一晩限りの行きずりの関係のつもりだったので、まさかという気持ちだ。

あれから半年余りしか経《た》っていないとは信じられない。元から綺麗《きれい》な子ではあったが、これほどの存在感はあのときは醸し出していなかった。一緒にいる男が小悪党で、つるんでカモを引っ掛けては金品を盗むようなちんけな犯罪を重ねていたようだが、それに目を瞑《つむ》ればごく普通の、女装が似合う美青年でしかなかった。

それがどうだろう。

まるで水を得た魚のようだ。武藤は感嘆する思いだった。

張りと光沢のある真珠色の生地に蓮《はす》の花が描かれた、チャイナふうのロングドレスを着こなし、優雅な足取りで距離を詰めてくる。背後には黒いスーツの男二人を連れている。男たちはボディガードだ。周囲を油断なく警戒する目の動き、俊敏そうな身のこなし。一目で只者《ただもの》ではないとわかる男たちを引き連れていながら、まるで臆《おく》することなく堂々とした態度だ。真っ直ぐに武藤を見つめ、一瞬たりとも視線を逸《そ》らさない。

いったい、この半年ほどの間に何があったのか。武藤には想像もつかないが、どうやら今回の依頼に彼が、サーイが、一枚嚙んでいることは確かなようだ。

昨年の十月下旬。『アンダマン海の真珠』プーケット。サーイはそこで出会った青年だ。確か二十一だと言っていた。

脱がせてみるまで気づけなかったほど女装が似合っていて、本人もそれを承知の上で旅行者を狙って声をかけ、信用させて気を許させた挙げ句、金品を盗んで逃げるという手を使い、窃盗を繰り返していたようだ。武藤に近づいてきたときの遣り口は、仲間の男と連携しての計画的かつ手慣れたもので、常習犯に違いなかった。

それでも武藤は、しばらく一緒にいて話をしたりセックスしたりするうちに、この子自身は根っからの不良というわけではなく、仲間に引きずられ、悪い道に嵌《は》まり込んでしまったのではないかと感じたので、よけいなお世話と承知で忠告めいたメッセージを残しておいた。

とはいえ、武藤はサーイがすぐに変わるとはあまり期待していなかった。仲間の男とそう簡単に縁を切れるとは思えず、せめて捕まって前科が付く前に真っ当な職に就く方向に行けばいい程度のことを漠然《ばくぜん》と思っていただけだ。

だが、サーイは武藤が思っていた以上に意志が強く、行動力があったらしい。

今起きている事態からして、サーイはあの先の見えない生活から抜け出して変わる決意をしたようだ。何がどうなっているのか把握し切れぬままに、武藤はそれだけ理解した。

折しも、サーイが武藤の目の前に来たとき、バーテンダーが「お待たせしました」と一声かけて、マティーニの入ったグラスを手元に滑らせてきた。

それを見てサーイが破顔《はがん》する。

薔薇《ばら》の蕾《つぼみ》が開いたかのように、艶やかで華やいだ極上の笑みだ。

これだけ近づいていて、れっきとした男だと承知していても、女性にしか見えない。触ると手に吸いついてきそうな白い肌、濡れたように黒々とした長い髪、目力のある大きな瞳。およそ半年前、展望台で初めて見たときと同じように感嘆する。違うとすれば、あのときは清楚な印象が強かったのが、今はより大人びた妖艶《ようえん》さを纏《まと》っていることだろうか。そのせいで雰囲気はだいぶ変わっている。

「お久しぶり」

「うん、半年ぶりくらいだね」

サーイは背後にいるボディガードたちを一瞥し、少しだけ遠ざけると、カウンターに片方の腕を預け、寄り添うように武藤の傍らに立つ。ふわりと空気が動いて、ほのかに女性もののパルファムの香りが漂ってきた。夜の遊技場で纏うにふさわしいコケティッシュでエキゾチックな香りだ。

「マティーニ、覚えています?」

「あのときも飲んだよね」

武藤がここでマティーニを頼んだのは本当にたまたまなのだが、こうなると必然だったかのような気がしてくる。

「同じものを」

サーイはバーテンダーに向かって言うと、武藤の二の腕にしなやかな指を掛けてきた。

「先に一口味見してもいいですか」

「どうぞ」

「ありがとう。ここではまだこれ飲んだことなかったんです」

「マカオにはよく来るの？」

「たまに。月に一度か二度くらい」

サーイは薄く紅を引いた淡い桜色の唇をグラスに近づけ、武藤が口を付けたのと同じところからマティーニをすすった。

武藤はその様子をジッと見つめ、サーイがグラスを返してきたときに絡んだ視線に応《こた》えてフッと微笑した。

「今日の午後、パンダ館でデートした女性から聞いていた今晩ここで僕が会う相手というのは、きみで間違いなさそうだね、サーイ」

「嬉しい。名前も覚えていてくれたんですね、啓吾」

「僕はそんなに薄情じゃないよ」

武藤は片目を瞑ってみせる。啓吾、と呼ぶようにサーイに言ったのは武藤だ。トーン高めの柔らかな声音でそう呼ばれた途端《とたん》、甘美な刺激が下腹部をジンと痺れさせ、官能的な夜を思い出させた。

バーテンダーがサーイのオーダーを優先して、マティーニをすっと差し出す。サーイはここの上得意客らしい。

「本当はあちらの部屋でお会いするつもりだったのですが、バーにいらっしゃるのを見かけて、ちょっと懐かしくなりました。まだ半年ほどしか経っていないのに、私の中では五年くらい前のような気がしています」

グラスの縁を、武藤のそれと軽く触れ合わせて乾杯してから、サーイは自分のカクテルを美味しそうに飲んだ。

マオカラーが喉仏を隠しているが、フレンチスリーブにアレンジされた袖から伸びた腕はすらりとしてしなやかだし、全体的にモデルのような細さなので平坦な胸にも特に違和感はない。綺麗に反らせた長い睫毛《まつげ》もおそらく本物だ。素材が素晴らしいので、無理に作らなくても立派な美女になる。むしろ武藤はサーイが男の格好をしているところをまだ見たことがなかった。スーツを着せてもきっと優雅に着こなすだろう。

「きみは、ずいぶん変わったね」

カウンターに並んで凭《もた》れ、冷えたマティーニを飲みながら武藤はしみじみと言った。

「家に戻ったんです。ずっと両親に反発を感じていたけれど、飛び出した先でも結局一人では寝る場所さえ確保できなかった。いろいろ甘かったんだなと啓吾の言葉で目が覚めました。たぶん、その前から少しずつプロイと一緒にいる自分が好きでなくなっていた、疑問を感じるようになっていたこともあると思うけれど、背中を押してくれたのは間違いなくあなたです」

「それで今は何を？」

「大学に戻ったんです。だから、いちおう学生です」

「ふうん。ご両親、ずいぶん心配性みたいだね」

武藤はチラッと数メートル先に佇《たたず》んで抜かりなく周囲に鋭い視線を走らせている黒スーツの二人を流し見る。

「ひょっとして僕はとんでもない家の御曹司様に手を出してしまったのかな」

おどけて言うと、サーイはフフッと可愛く笑って細い首を傾げた。

「出戻りだから、今はどんなに鬱陶《うっとう》しくても我慢しないと。父はとても厳しくて容赦のない人なんです。次にまた裏切ったら実の息子でも許してくれません」

「それで、きみは僕がどういう人間だか調べたの？」

世間話でもするようにさらりと聞いた武藤に、サーイもあっさり「はい」と頷く。

「普通の人ではないな、とは思っていたので、ある意味納得しました」

「今回の件の依頼人はきみ？」

武藤も冷静さを保ったまま飄々《ひょうひょう》として話を進める。よもや、カジノのバーの一角で、衆目《しゅうもく》を集める若い美女と、こんな物騒な遣り取りをしているとは誰も思わないだろう。

「依頼人は父ですけど、あなたを勧めたのは私です。パンダに本当はあまり興味のないミンナは父の秘書」

「うん。彼女、全然興味なさそうだった」

わざわざ言い添えるサーイの子供っぽい可愛さに和《なご》み、武藤は軽く声を立てて笑った。

「最後はいちおう可愛いって認めたけどね」

「でしょう」

サーイは肩を竦《すく》め、グラスに僅《わず》かに残っていた酒を舐めるように飲み干す。

「ミンナはパンダよりあなたに興味が湧いたみたいです。予想以上に素敵だったと嬉しげでした」

「彼女が今回の仕事の見届け人？」

「はい」

気持ちいいほど率直に答えたサーイに武藤は自分のグラスを手渡した。まだ半分近く残っているマティーニを、サーイは酔いのかけらも窺《うかが》えない白い顔で飲む。

「だから啓吾には必ず成功してもらわないと困ります」

「引き受けたからには、むろん、そのつもりだよ。なかなか表に出てこない女帝様だから、いつどこで狙えるか、行動予定を把握するのが難儀そうだけど」

「なので、私がお手伝いします」

「……へぇ」

武藤は目を細め、取り澄ましたままのサーイの表情を凝視して真意を探る。

「女帝様は、私がまぁまぁお気に入りみたいです。明後日の晩、ディナーをご一緒する約束をしています。もう三週間も前から。そのために私はマカオに来たんです」

サーイは屈託なく言う。

「父と女帝様は裏で手を結んでいるビジネスパートナーなんです。父のことは詳しくは言えませんが、まぁ、タイの裏社会では知る人ぞ知る人物だと考えてください。表の顔は紳士録にも載るような人なので、啓吾も名前くらいは聞いたことがあると思います」

「僕は依頼者の事情は聞かない主義だから、それ以上話す必要はないよ」

武藤はやんわり制した。

「それも知っています」

サーイは神妙に頷くと、二口で空けた武藤のグラスをカウンターに戻し、

「続きは部屋でしましょうか」

と意味深な眼差《まなざ》しを向けてきた。

長い睫毛が瞳に影を落とし、濡れたような黒目がいっそう色っぽさを増す。

「ここの最上階に部屋を取ってもらっているんです」

「僕はいいけど、きみはいいの？」

半ば冗談、半ば本気で確かめると、サーイは恥ずかしげに目を伏せ、睫毛をそっと瞬かせた。

今まで何人手玉に取ってきたかわからないくらい体を差し出すことに慣れていると承知していても、清廉で初々《ういうい》しげな色香に欲望を煽られる。

「彼らも同行しますけど、気にしないでくださいね」

「勃たなかったら背後から撃たれそうだね。きみに恥を掻かせた、って」

「そんなことないですから。……たぶん」

最後はサーイにもよくわからなそうに首を傾げられ、武藤は「おっかない」とおどけて呟《つぶや》いた。

サーイは武藤を連れて、化粧室横の、関係者以外立ち入り禁止と記された非常口のような飾り気のない扉を開けた。開ける際、これまたなんの変哲もない外観をしたノブの上部に黒いカードを翳《かざ》す。

扉の向こうは照明を落とした薄暗い通路で、二メートルほど進むと、さらに扉があった。今度は一目でこの奥に特別室があるとわかる豪勢な造りの扉だ。

VIPルームはさながら上流社会の社交場のようだった。どこから訪れたのか、一般向けのカジノ場ではいっさい見かけなかった盛装した人々が、数千万から億単位の賭けに興じている。その雰囲気は一種異様で、武藤はすぐにその場を離れたくなった。まともな神経の持ち主はここにはいない、そんな気がして、ずっとここにいると自分の感覚までおかしくなりそうで、落ち着かない。

サーイは迷いのない足取りでフロアを横切り、反対側の奥まった位置にあるエレベータホールから、燻《いぶ》した金色のエレベータに武藤と乗った。当然のごとくボディガードが先にカゴの中を確かめており、同乗する。

「ホテルの最上階はＶＩＰ待遇のカジノ客のために用意された専用フロアです。これは直通エレベータ」

「ああ、それで誰の目にも触れずにあそこに行けるんだね」

地下から最上階である二十八階フロアまでエレベータは静かに、一気に上昇する。耳が塞がる違和感さえなければ、動いていることに気づきにくいほど揺れを感じなかった。

あっというまに到着し、扉が開く。

一歩足を踏み出すと、足音を吸い込むような絨毯が敷き詰められている。客室の扉はいずれも両開きで、廊下から一メートル近く引っ込んでいる。出入りの最中を廊下から見られにくい構造だ。

サーイの部屋は中でも特に立派なスペシャルスイートルームとのことで、なるほど女帝のお気に入りだというのが待遇面からも察せられた。

「女帝様は、きみが本当は男だって知っているの？」

「もちろん知っていますよ。父には息子しかいないとご承知ですから。でも、女より綺麗だって仰《おっしゃ》って、可愛がってくださるんです。何枚もドレスを贈っていただきました。これは自前ですけど」

「じゃあ遠慮なく剝《は》ぎ取れるね」

武藤はにこやかに応じて上着を脱ぎ、ネクタイを解いて引き抜いた。

床に無頓着に投げ遣ったそれらを、壁際に控えていたボディガードが歩み寄ってきて、無表情で拾い上げる。すぐにもう一人に手渡すと、壁際に戻って直立不動で待機する。どうやらこのボディガードはいかなる状況になろうとも、寝室から出ていかないようだ。相方は続きの居間にいる。

サーイがドレスの胸元を開く中国結びを一つ外したところで、武藤はサーイの手を取り、腰にもう一方の腕を回して抱き締めた。

先ほどよりも濃厚にパルファムが香り立つ。サーイの体温が上がり、昂揚《こうよう》しているのがシャツ越しにもわかる。

武藤はサーイの顎《あご》に指を掛けて擡《もた》げさせると、ふっくらした唇を啄《ついば》んだ。

唇が触れ合う寸前まで武藤を見つめていたサーイの瞼が閉じられる。

何度か小刻みに唇を吸ってから、濡れた粘膜を重ね、まさぐるように動かした。そうしてキスを深くしていきながら、サーイを抱く腕の力を強め、体を密着させる。

縺《もつ》れ合ったままベッドに倒れ込むと、武藤はサーイの上に乗り、先ほどサーイが自分で一つ外した飾りボタンの残りに手を伸ばす。

サーイはキスだけで酔ったかのごとく恍惚《こうこつ》とした表情を浮かべていた。

マティーニほどの強いカクテルを飲んでも平然としているくせに、と揶揄したくなる。ボタンをすべて外して胸板をはだけると、肌理《きめ》の細かい瑞々《みずみず》しい肌が露《あらわ》になった。ドレスの下には何も着けていない。体温で温められたパルファムの香りが、武藤の鼻腔を妖しく擽る。

武藤はドレスを乱しただけであえて脱がせず、フレアに仕立てられた裾を太腿の中ほどまでたくし上げ、美脚を割り開かせた。

内股に手のひらを這わせて柔肌を撫で上げる。サーイは陸に揚げられた小魚が跳ねるようにビクンッと身を震わせ、羞恥に耐えるかのごとく横向けた顔をシーツに押しつけた。

カジノ場は冷房が効いていて涼しく保たれていたが、サーイの肌は微《かす》かに汗ばんでおり、足の付け根をまさぐると熱が籠《こ》もっていた。

「あ……んっ……！」

どれだけ完璧に女装しても、男性の証《あかし》は握り込んで揉みしだくと、みるみる嵩《かさ》を増していき、硬くなる。

張り詰めた竿を絞り込むように手で包んで上下に扱《しご》き立ててやれば、先端からべたつく液が洩れ出し、武藤の指を濡らす。

武藤は濡れた指を、引き締まった双丘の奥に忍ばせた。

「……っ、あ、あっ」

慎ましく窄んだ襞《ひだ》を掻き分け、中心に指を埋める。

サーイの淫液で濡れた指は、狭い筒の中にぬるりと入っていく。今夜こうなると予期していたのか、潤滑剤を施したように湿っており、武藤の指を引き込むように付け根まで呑み込んだ。一本では物足りなそうだったので、いったん抜いて、すぐに二本揃えて穿《うが》ち直す。

「あああっ」

すぐ傍《そば》にボディガードがいても、サーイは一向に気にする様子もなく、ビクビクと身を揺すって悶《もだ》えては艶めかしい声を上げて喘ぐ。

慣れないシチュエーションに武藤は集中できるかどうか心許なかったのだが、開き直ってやり始めると、そのうち存在を意識しなくなった。

武藤の指の動き一つ、唇の使い方一つで淫らに昂《たかぶ》っていくサーイの痴態に、武藤自身も熱くなる。

中途半端に開かれた胸板から、硬く凝《しこ》って色を増した乳首が覗けたり、ドレスの裾を際どい位置まで捲られた足の付け根が、角度や動きによって見えたり見えなかったりする。それが淫らな想像を刺激し、たまらなくいやらしい。全裸よりもかえって罪なことをしている気分になって昂揚した。

横寝の姿勢になったサーイの後孔を三本の指でグチュグチュと掻き回し、奥まで抉《えぐ》っては指先まで抜き、またググッと捻り込む動きを繰り返しつつ、尖った乳首を唇で挟んで引っ張ったり、舌先を閃《ひらめ》かせて嬲《なぶ》ったりして、サーイを啜り泣きさせ、嬌声《きょうせい》を上げさせる。

後孔への手淫だけでサーイは昇り詰め、感極まった悲鳴を放って、体をシーツの上でのたうたせると、堪え切れなかったように射精して果てた。

剝き出しになった肩を大きく上下させ、ハァハァと淫らな息をつき、ぐったりと全身を弛緩《しかん》させる。

それまで武藤はネクタイを外して上着を取った以外、衣服を乱していなかった。

「啓吾」

唇の端から涎《よだれ》を滴《したた》らせ、潤んで欲情した瞳に溜まった涙を頰に伝わせたサーイが上体を起こし、体勢を入れ替えて武藤の膝に跨《また》がってくる。

スラックスのベルトを緩めて前を開かれ、下着をずらして猛った陰茎を窮屈な場所から解放する。サーイの感じる姿に武藤も性欲を煽られ、股間をずっと疼《うず》かせていた。

サーイの手で取り出された武藤の性器はいきり立っており、亀頭の下の括《くび》れを撫でられただけで下腹部から官能の渦《うず》が湧き上がってきて、先端の小穴をヒクつかせた。

隘路《あいろ》から滲んできた先走りを、サーイは躊躇《ちゅうちょ》せずに可愛い舌で舐め取る。

そのまま武藤の股間に顔を埋め、愛おしげに陰茎を手と口で愛撫し始めた。

「サーイ……」

フッ、フッ、と堪え損ねた息を小刻みに鼻から洩らしつつ、武藤はサーイの長い黒髪に指を通して、何度も梳《す》き流した。ぬめるような感触のしっとりとした髪を指に絡ませ、顔を近づけて芳《かぐわ》しい匂いを楽しむ。

陰茎を深々と咥《くわ》えて吸いつかれ、竿や亀頭に舌を這わされ、濡れた隘路をチロチロと擽られるたび、武藤は乱れた息をつき、引き締まった下腹の筋肉を喘ぐように動かして悦楽をやり過ごす。

サーイの口淫は巧みで、貪欲だった。

武藤の陰茎を隅々まで舐めしゃぶり、いっそう硬く張り詰めさせる。

亀頭を咥えて頬を窄ませ、吸引しながら、上目遣いに誘う眼差しで見つめられ、武藤はサーイの背中を、襟首から手を差し入れて撫でた。汗ばんだ肌が手のひらに吸いつくようだ。

「そろそろきみの中に入りたがっているよ」

襟首から抜いた手をそのまま胸に回し、今度は尖った乳首を指で弄《もてあそ》ぶ。

「はい」

サーイは顔を上げ、熱っぽく湿った吐息を洩らす。

シーツに仰向けに横たわったサーイにのし掛かり、開いた両脚の間に腰を入れる。

指で確かめた秘孔は、まだ十分に潤っていた。サーイが丁寧にしゃぶって硬度を増させた陰茎も唾液で湿っている。

武藤は己の陰茎に手を添え、サーイの小さな窄まりに導いた。

濡れた先端を襞に押しつけ、ズン、と腰を一突きする。

「ああっ」

サーイが顎を反らせて嬌声を放つ。

明らかに悦《よろこ》んでいるのがわかり、武藤は動きを止めずに腰を進めた。

ズズッと粘膜を擦りながら、張り詰めた陰茎を狭い筒に穿つ。みっしりとサーイの中を埋め尽くす感覚に武藤は昂った。

「はああっ、あ……！」

サーイも気持ちよさそうだ。

長い髪を振り乱しながら、シーツに細い指を立て、悶え泣く。

締まりのいい後孔は武藤に断続的な愉悦を与え、眩暈《めまい》がするほどの快感を味わわせてくれた。

根元までサーイの中に埋めて一息つく。

しなやかな体を抱き竦め、わななく唇を塞ぎ、搦《から》め捕《と》った舌を吸い上げる。

「あの夜が、忘れられなかった」

吐息を絡め合うキスの合間に、サーイが切羽詰《せっぱつ》まった声を出す。

「それで僕のことを調べて、接触する機会を狙ったの？」

サーイは恥ずかしげに目を伏せ、小さく頷いた。

「正体を知って怖くなかった？」

「全然。実家がやっていることに比べたら、驚きもしなかった」

「昔はそれが嫌で反発していたんじゃないのかな」

「……そう。そうなんだけど……」

サーイは、はにかむ表情をして言い淀む。

強く慕われている、あるいは憧《あこが》れに近い感情を持たれているのが察せられ、武藤はちょっと困った。前途ある青年を誑《たぶら》かし、結果的に裏社会に引きずり込んだようで、いささかバツが悪い。

プロイと別れて真っ当な仕事に就き、生活を立て直してくれたら、というつもりで残したメッセージが、思いもよらない人生の選択をサーイにさせた気がして、柄にもなく責任を感じた。

「あなたのせいじゃないから、気にしないで」

サーイが先回りして武藤の気持ちを楽にしてくれようとする。

「いずれ私は自分から父の許に戻ったんじゃないかと思います」

サーイは武藤の首に両腕を回して引き寄せると、蠱惑的《こわくてき》な眼差しで見上げてきた。

「明後日の夜八時、ここから二ブロック離れた場所にサンズドリームホテルがあります。そちらの三十九階に入っているメインダイニング。彼女はそこがお気に入りなんです」

「本気なんだね」

「もちろん。……あっ、あっ！」

武藤が腰を動かし、サーイの奥を突き上げると、サーイは歓喜に満ちた声で喘いだ。

「三十九階、ね。これは二億もらっても安いくらい難儀な仕事だな」

「警戒心の強い人なんです。そのレストランなら窓際にも座ります」

「きみがここまでお膳立てしてくれるからには、結果を出さないと僕の評判は地に堕ちる。誰からも相手にされなくなって、今後仕事がなくなるね」

「あなたなら、大丈夫……」

武藤はそれ以上サーイに喋らせなかった。

言葉を吸い取るように唇を貪り、抽挿《ちゅうそう》の速度を上げる。

荒々しく抜き差しして狭い器官を擦り立てると、サーイは惑乱したように全身をのたうたせ、激しい嬌声を上げて達した。

武藤もほぼ同時にサーイの奥に白濁を撒き散らして果てた。

極めたあとも離れ難く、サーイの体を抱き寄せ、髪や顔に指を滑らせて満ち足りた気分を味わう。

仕事が終われば武藤はすぐにまた発《た》つ。

次にサーイと会える日が来るかどうかはわからない。どんな約束も武藤はしないと決めている。

サーイもまた、次の約束を求める発言は口にしなかった。

＊

三十九階の展望レストランは足元から天井までガラス張りだが、ホテルの五百メートル周辺にこれより高い建物はない。それゆえ、ここを女帝が安心して食事を楽しめる店として贔屓《ひいき》にしているのも道理だ。

だが、マカオは人口過密度世界一とも言われている都市で、新興の開発区域たるコタイエリアには特に高層ビルが群をなしている。

八百メートル超離れた地点に、武藤が狙撃場所にできそうな高層建築物が一つだけあった。四十階建てのタワーマンションだ。

サーイと寝た翌朝、武藤は夜が明ける前にベッドを下りて、相変わらず壁際に立っているボディガードに「帰ります」と一声かけ、客室を後にした。サーイは満たされた顔で寝入っており、武藤が先に起き出したことに気づかなかったようだ。とは言え、ボディガードが無言で武藤を行かせたのは、サーイからそうするように命じられていたからだろう。寝ている間に武藤が去ることをサーイは承知していたということだ。

八百メートル級の狙撃は超長距離には違いないが、じっくり狙って撃てる環境で、ターゲットが静止していれば一発必中は不可能ではない。今回の場合、目標はレストランのテーブルに着いているわけなので、静止に近い状況だと考えていいだろう。

これだけ距離があれば、弾がどこから飛んできたのかすぐに当たりを付けられて反撃される心配もない。ボディガードに狙撃の名手がいて、弾道からあそこだと特定されたとしても、駆けつけたときにはとっくにその場を離れている。

ここだ、とタワーマンションに狙撃場所を決めた武藤は、さっそく準備に取りかかった。

屋上には住民も立ち入りできないようになっていたが、業者が定期的に点検で出ているとわかり、鍵を手に入れた。

あとは現場でひたすら狙いを定めて待つ。

狙撃手の仕事の大部分は最高の条件で引き金を引ける瞬間を待ち続けることだ。むろん、それ以外にも重要な作業や準備はいろいろとあるが、知識や数学的な計算能力と同じくらい忍耐が必要な仕事なのは間違いない。

超長距離狙撃を成功させるには様々なデータが不可欠だ。ターゲットまでの正確な距離、角度、空気密度、風速。どの銃を使うのか。弾頭は、発射薬は。狙撃の結果に影響を与えるポイントは山ほどある。

弾を撃つとき、八百メートル超先に標的があれば、スコープの十字線をそれよりずっと上に合わせないと当たらない。実際にどこを狙って撃つかは、考慮すべき条件を数値化して弾道を解析して決める。これがなかなか面倒で厄介だ。

さらに武藤には、サーイが本当に約束を守るのか、信用していいのかという不確定要素もある。万一裏切られた場合のことも頭の片隅に置いておかなくてはいけない。心情的にはサーイの言葉と態度に偽りはないと信じたいが、いざというときの対処は考えておくべきだろう。

サーイが女帝とレストランに現れ、窓際のテーブルに向かい合って座るのをスコープを覗いて確認したとき、とりあえず武藤はホッとした。

窓際の席はいくつかあるが、二人は、あらかじめ武藤がサーイと打ち合わせしたとおりのテーブルに着いた。

屋上から標的までの距離を計測すると八百三十メートルだった。頭に狙いを定め、角度を割り出す。

風は穏やかで、静穏の状態だ。地上約二百メートルのマンション屋上ではそれより少し強いが、やや強い風というレベルだ。

日はとうに落ちており、屋上は真っ暗だ。眼下に目をやると、街中に色とりどりのネオンが灯《とも》っており、綺麗な夜景が見える。

サーイたちはワインを飲みつつ穏やかに談笑している。

サーイは今夜も完璧な女装で臨《のぞ》んでいる。一昨日武藤と会ったときには下ろしていた黒髪を今夜は結《ゆ》い上げ、深紅の膝丈のドレスに合わせた赤系統の髪飾りを付けている。

女帝のほうは、還暦を超えた年齢にふさわしい、品のある姿だった。皺《しわ》はあっても手入れは怠っていないのがわかる。淡い紫に染めた髪もきちんとした印象だ。

武藤はいつものとおり、よけいな感情は抱かずに狙撃銃を構えた。

先ほどから風は安定している。計算をやり直す必要はなさそうだ。

照準を合わせ、静かに呼吸を止める。

闇夜に霜《しも》の降るごとく——銃を僅かも動かさないように引き金を真っ直ぐ後ろにそっと絞る。

撃ち出した弾丸は音速を超えるスピードで飛んでいき、ガラスを貫き、弧《こ》を描く形で標的の頭を斜め上から襲う。

頭蓋骨は銃弾を受けると卵の殻《から》のように割れる。ガクンと上体が大きく傾いでテーブルに突っ伏すのが見えた。

武藤がスコープから目を離す直前、サーイがこちらを向いた。

一瞬目が合った気がしてザワッと鳥肌が立ったが、もちろんそんなことは現実にはあり得ない。サーイから武藤が視認できたはずはなかった。

今頃レストランは蜂の巣を突いたような騒ぎになっているだろう。

長居は無用だ。

銃をケースに仕舞《しま》い、屋内に戻ってエレベータで一階に下りる。

午後八時半。ほぼ予定どおりだった。

ホテルは今朝チェックアウト済みで、旅行用のスーツケースは空港に運んでもらうよう手配している。

これからフェリーで香港に向かい、香港で一泊して明日ロサンゼルス行きの便に乗る。

武藤はマンションの住民であるかのようなふうを装ってエントランスを出た。

そこに一台の赤い車が近づいてきて、武藤を迎えにきたかのごとく横着けする。

武藤は咄嗟《とっさ》にやはりサーイに嵌められたのかと思ったが、運転席を見るなり肩の力を抜いた。パンダ館で会ったミンナだ。

「乗って。送るわ」

有無を言わせぬ語調で言われ、今度は武藤も断らずに素直に助手席のドアを開け、乗り込んだ。

「フェリー乗り場までで結構ですよ」

シートベルトを装着しながら手短に行き先を告げる。案外、ミンナにはそれも把握されているかもしれなかったが、いろいろ喋りたくなかった。一仕事終えたあとは心身共に疲弊《ひへい》している。できれば黙って目を閉じていさせてもらいたかった。

「時間は大丈夫なんでしょう?」

「ええ。なので、可能なら安全運転でお願いします」

「私はいつだって安全第一よ」

武藤はそれ以上突っ込まず、返事の代わりににこりと微笑んだ。

「サーイさんからあなたを送ってあげてと頼まれたの。どうせだから香港まで乗っていけば」

「……じゃあ、まぁ、お願いします」

あまり何度も断るとミンナが機嫌を悪くするかもしれないと思い、それはそれで疲れるので早々に武藤のほうが折れた。

案の定、ミンナは走り出すなりぐんぐんスピードを上げ始めた。

武藤は頬肉を引き攣《つ》らせて苦笑いする。見るからに飛ばしたがるドライバーが選びそうなレンタカーだと思ったのだ。

「お疲れ様、でいいのかしら。それとも、おめでとう?」

あらためて労《ねぎら》われる。

「見事な腕だったとサーイさんが感心してらしたわ」

武藤は複雑な心地になった。

「目の前で相手が撃たれたのを見てショックを受けなかったかな」

「さっき電話で話したときは、普段と特にお変わりありませんでしたが。きっと大丈夫でしょう」

「ならいいけど」

武藤はサイドウインドーに顔を向け、車窓を流れる夜の景色を、なんの感慨も抱かずにただ眺めやる。

「よろしく、とのことです。近いうちにまたお会いしたい、と」

「……機会があれば、喜んで」

武藤は言葉とは裏腹に気乗りしない声で言う。ミンナがチラッとこちらを流し見たのを目の隅で捉えたが、武藤は知らんぷりをした。

「残り半分の成功報酬、お渡ししたカードの口座に追加で振り込んでありますから」

「ああ、そうだった。ありがとう」

「どういたしまして」

ミンナはさらにアクセルを踏み込んだ。

香港まで通常は一時間ほどかかるのだが、この運転ならもっと早く着くだろう。

「僕からも、サーイによろしくと言っていたと伝えてくれるかな」

武藤は思い直してミンナに伝言を預けた。このまま何も言わずにサーイと別れるつもりだったが、話をしているうちに気が変わった。べつにサーイに二度と会いたくないわけではない。

「先ほどの、『機会があれば喜んで』のほうはどうしましょう」

ミンナが重ねて聞いてくる。

武藤は少し考え、頷いた。

「そうだね。それも一緒に伝えてよ」

武藤の言葉にミンナはどこかホッとしたようだった。きっとサーイの喜ぶ顔が見たかったのだろう。

ハイスピードでしばらく走っていると、やがて前方に香港とマカオを結ぶ橋が見えてきた。この期《ご》に及んで武藤は「あ」と思い出し、小さく声を上げていた。

なに、と訝《いぶか》しそうにミンナが振り向く。

「カジノで交換したチップ、結局一枚も使わないままだったなと思っただけだよ」

武藤のぼやきに、ミンナはなんだそんなことかという顔をして、橋へと車を乗り入れた。

狙撃手の流儀

＊＊＊

ゴソッ、と階下で微《かす》かな物音がした。

ベッドで寝ていた久禮智宏《くれともひろ》は瞬時に覚醒し、布団を撥《は》ね除け飛び起きた。

真下の店舗に侵入者の気配がある。一人ではない。おそらく二人だ。

意識を集中させ、不審者の動向に注意を払いつつ、素早くズボンを穿《は》く。室内は真っ暗だったが、久禮の目はすぐ闇に慣れる。タンクトップ一枚で寝ていたので、上から黒シャツを羽織り、靴に足を入れるまでにかかった時間は数秒だ。

枕の下に隠してあった護身用のPPK《ワルサーPPK》を手に、足音を忍ばせて窓辺に近づく。

閉じたカーテンの隙間から石畳の道を見下ろす。この辺一帯は旧市街で、観光客にも人気のエリアだが、久禮の店舗兼住宅が面した狭い路地には彼らの興味を引くようなものはなく、昼間でも閑散としている。車は進入禁止で、夜は野良猫も彷徨《うろつ》かない場所だ。

店の表に体格のいい男が一人立ちはだかっている。外から邪魔が入るのを警戒しての見張り役兼、出てくる者を逃さないよう待ち伏せしている感じだ。

閉店後は格子状の防犯シャッターを下ろしてあるが、特殊な工具か何かで破り、店舗側から押し入ってきたようだ。

中に二人と外に一人。少なくとも三人はいる。

さして思案する間もなく、ギシッと階段を踏む音が聞こえた。

足音は一人分だ。一階と二階、二手に分かれたか。

どこの組織の者かは不明だが、こんなうらぶれた土産物《みやげもの》店に三人がかりで押し入るからには、久禮の裏の顔を知っており、そちらに用があってのことだろう。

地下保管庫に隠している銃器類を渡せと脅すつもりなのか、はたまた他に口を割らせたいことでもあるのか。連中の目的が盗みではなく久禮自身であることは間違いなさそうだ。

素早くドアの横に移動し、壁に背中をぴったりとつけて蜘蛛《くも》のように張りつく。

銃はセーフティー装置を掛けて腰に挟む。なるべくなら素手で切り抜けたい。

息を殺して待ち構えていると、階段を上がってきた賊は、短い廊下を隔てた反対側の部屋を先に開け、室内を確認していた。そちらは書斎として使っている部屋だ。

チッと舌打ちする音が聞こえる。

『あっちか』

続けて低い声で男が言うのを、神経を研ぎ澄ました久禮の耳が拾う。

――広東語《カントン》？

こいつらは中国人なのか。

あれこれ考える間もなく、スキンヘッドの男が寝室に踏み込んでくる。

扉の陰に潜《ひそ》む久禮には気づかず、もぬけの殻《から》のベッドに意識を向け、隙を作る。

その瞬間、久禮は動いた。

気配を察した男がハッとして振り返る。

すかさず相手の顎《あご》に掌底《しょうてい》打ちを喰らわせ、頭を片側に捻《ひね》る。

相手もプロだ。不意打ちに遭《あ》っても簡単には倒れない。

踏ん張ったところにさらに何発か見舞い、足蹴りを加えて床に倒し、跨《また》がって押さえつけ、首を絞めて失神させた。

『上かっ』

二階で争う物音を聞きつけ、一階にいた男が階段下に現れる。

手には拳銃を握っており、久禮を見るなり撃ってきた。

サイレンサー付きの銃から放たれた弾は久禮のすぐ脇の壁にめり込む。

仕方がない。久禮もPPKを抜き、相手が二発目を撃つ前に、銃を持った手を狙い撃つ。

『ギャアアッ』

悲鳴と共に床に拳銃を落とす音がする。

久禮は一気に階段を駆け下り、血だらけの手を庇って呻《うめ》いている男の首に手刀を当て、こちらも昏倒させた。

『おいっ、どうしたっ！』

店舗の正面で張り番をしていた大柄の男が銃声を聞きつけて店内に踏み込んできた。

久禮は男を避けて、住居側の玄関がある方の、建物と建物の間に申し訳程度に通された道側に出た。そこにも見張りがいる可能性は失念していない。

案の定、四人目がいた。

持ち場を離れず出入り口を塞いでいる男に、久禮は体当たりする勢いで突進した。

『クソッ』

隣家の壁に背中をぶつけた男に反撃の隙を与えず、男が懐《ふところ》から抜きかけた拳銃を、手首を手刀で殴打して取り落とさせた。地面に落ちた拳銃を足で払って遠ざける。

ぐずぐずしている暇はない。

すぐに店先側にいた大柄な男が加勢に来るだろう。

男の顎に体重を載せたパンチを炸裂させ、さらに鳩尾《みぞおち》に拳《こぶし》を叩き込む。

グエッと蛙《かえる》が潰れたような苦鳴を上げて男が前のめりになり、膝を崩す。

すぐには動けないと見て取るや、久禮はその場を離れた。

『待ちやがれっ』

一足遅かった大柄な男が怒声を上げる。

次の瞬間、パン！ と乾いた音がして、コンクリートで固められた路面に銃弾が食い込む。

続けてもう一発撃たれ、今度は少し先の隣家の塀に当たる。

久禮は振り返らず、足を止めずに狭い道を猛然と走り抜けた。

大柄な男も追いかけてくる。

追ってきながらさらに何発か撃たれたが、さすがにこれを当てられるほどの射撃の腕は持ち合わせていないようだ。

店舗に面した路地に出て、すぐ左に曲がり、その先の狭い道をまた曲がって、民家の塀を乗り越える。

住民に気づかれて、起き出してこないように暗がりに身を潜め、追ってきた男をやり過ごす。

『ちくしょう。油断した』

『どこに逃げやがった！』

二階で最初にのした男も意識を取り戻して追撃に回ったようだ。

『まだ遠くには逃げてないはずだ。おまえは向こうに行け。俺はこっちを捜す』

二手に分かれて男たちがその場を離れる。

久禮はすぐには動かず、しばらく民家の庭の茂みの陰に隠れていた。

慎重に、夜明けまで待つ。

その間に久禮が考えたのは、地下の隠し部屋が連中に見つからないといいが、ということと、この一件の元凶だろうと思《おぼ》しき、美貌のスナイパーのことだった。

＊

枕元でスマートフォンがブブッ、ブブッと震動しだす。

腕を伸ばして手に取り、画面を細く開けた目で確かめる。

知らない番号だ。

武藤《むとう》は眉を顰《ひそ》めながらも、出たほうがいい予感がして応答ボタンをタップした。

『ああ、よかった。無視しないでくださってありがとう』

聞き覚えのある甘く澄んだ声が、安堵の吐息と共に耳朶《じだ》を打つ。

「きみか、サーイ」

『はい。またまたご無沙汰しています』

なぜこの番号を知っているのかと問い質《ただ》したところで、にっこり笑って、調べました、と悪びれもせずに言われるのがオチだろう。

相手はタイの裏社会でドンと恐れられている人物の息子だ。その気になれば、これしきの情報は調べ方次第で手に入れられるに違いない。当人もそちらの世界に入って水を得た魚のごとく暗躍しているようで、四ヶ月前再会したとき、なんとも複雑な気持ちになった。

『啓吾《けいご》、今少しだけお時間いいですか』

サーイの口調に緊張が混じる。

「いいよ。何かあった？」

スマートフォンを耳に当てたまま、腹筋を使って上体を起こす。

ホテルが売りの一つにしている上質のマットレスが、ギシ、と控えめに軋《きし》む。上掛けをずらした際に衣擦《きぬず》れの音も立ったので、サーイは武藤がベッドで電話を受けたと察したようだ。

『まだおやすみ中でした？』

「起きるには少し早い時間なんだ」

ヘッドボード横の壁に取り付けられたライトをつけ、サイドチェストに置かれた時計をチラと見て答える。午前五時七分。まぁ、ぼちぼち起きてもいい頃合いではある。こんなことを言えば現在地を大まかに特定されてしまうが、今のところサーイとは敵対関係にないし、知り合ったときの事情もあって武藤を慕ってくれているようなので、この電話も陥《おとし》れるためではないと信じていいだろう。勘が外れたら外れたで、そのときはそのときだ。武藤は常に取捨選択を迫られる世界で生きており、どちらに転んだとしても最終的な覚悟はできている。

『こちらは朝の十時過ぎです』

サーイはさらりと自らの居場所を明かす。

バンコクとミラノの時差は五時間、サーイはタイにいるとみてよさそうだ。暗に、自分を警戒する必要はないです、と言われたようだった。

その上で、さらに聞かれる。

『もしかして今スペインですか』

「近いけど違う」

サーイにピンポイントで地名を挙げられ、武藤はふと不穏な心地になった。

スペインのバルセロナには、結構長い付き合いの取り引き相手がいる。

銃器等の斡旋人《あっせんにん》、クレトこと久禮智宏のことが一番に頭に浮かび、ざわりと胸が騒ぐ。

武藤にありがたくも心酔してくれているらしいサーイが、武藤の周辺を調べ上げ、久禮の存在も承知していると考えるのは無理筋ではない。

武藤の返事を聞いて、サーイはひとまずホッとした様子で安堵の吐息を洩らす。

『三時間ほど前、バルセロナのゴシック地区にある土産物店が襲われました』

嫌な予感が的中し、武藤はサーイの話を聞きながら顔を強張らせた。

『争う物音を聞きつけた付近の住民から通報があり、警官が駆けつけましたが、そのときにはもう店舗はもぬけの殻。壁や床に銃弾がめり込み、血痕も見つかったようです。通報があったのと同じ頃、現場から数百メートル離れた広場の端に停まっていた車が、急発進して走り去るのが目撃されています。事件と何か関係があるのではないかと警察が調べ、付近の監視カメラに映った映像から車種とナンバーが特定されました。中国籍の人物が借りたレンタカーだと判明したのですが、国際免許証もパスポートも偽造されたもので、その線はそこで行き詰まったと』

「中国籍？」

四ヶ月前サーイの父親に依頼された仕事のターゲットが、マカオでカジノ付きのホテルを経営する女社長だった。表向きは一代で富を築き上げた凄腕の実業家で、社交界では〝女帝〟と称されていたが、裏ではギャンブルで多額の負債を作らせた政治家や著名人の弱みを握って彼らを意のままに操り、恐れられていた人物だ。

サーイの父親とは、ビジネスパートナーとして親密な付き合いをしていたようだが、そう思っていたのは女帝側だけで、サーイの父親は女帝の存在が邪魔になってきていたのだろう。

武藤はプロとして依頼された仕事を果たしただけで、どちらにも肩入れしていない。全く別口で知り合ったサーイが、父親に武藤を雇うよう勧めたことなど与《あずか》り知らぬ話だし、依頼人側と今後関わりを持つつもりもない。依頼は一回一回新規に受け、完遂したら赤の他人同士に戻る。

その理屈からすれば、こうしてサーイから久禮が襲われたという情報をもらうのも本来反則なのだが、久禮には特別世話になっている自覚があるため、素知らぬ振りができなかった。どう考えても久禮が襲撃されたのは、武藤が狙撃に使用したライフルの入手経路を調べ上げ、目星をつけたからに違いない。久禮に辿り着くまでに四ヶ月近くかけているところからして、残された手下たちの並々ならぬ執念が窺《うかが》える。

「元凶は僕みたいだね」

『女帝の部下たちが報復のために動いているという噂は耳にしていたのですが、いよいよ啓吾の身辺に近づいてきたようです。バルセロナの土産物店の店主、お知り合いですよね？』

「仕事をするにあたって必要不可欠な取り引き相手、ってところかな」

久禮との関係をサーイがどこまで把握しているかは知らないが、知人だということは認めた。

サーイから現時点で引き出せるだけの情報を得る必要がある。

『先ほどの襲撃、彼はどうにか難を逃れたようですよ。女帝の部下たちに攫《さら》われた形跡はありません。けど、彼らがこのまま諦めるとも思えませんし、いつどんなふうに状況が変わるともしれない。啓吾の無事を確かめられてひとまず安心しましたが、どうか、気をつけてください』

「ああ、そうだね」

サーイにしても、武藤が捕まって依頼人の名を吐かされることになれば、今度は自分の父親が暗殺のターゲットになる。今や側近の立場にあるサーイ自身にも危険が及びかねず、枕を高くして寝られなくなるだろう。サーイの気持ちの大部分は、純粋に武藤を案じているのだとしても、そうした恐れも計算に入っているはずだ。いずれにせよ、サーイがもたらす情報はガセや罠ではないと信じてよさそうだった。

重々気をつける、連絡をくれてありがとう、と礼を言い、通話を短く切り上げる。

武藤は布団を撥ね除けてベッドを下り、その場でブリーフを脱ぎ落として全裸になると、浴室に飛び込んで頭からシャワーを浴びた。

寝るときは万一に備えて下着一枚のことが多い。寝間着を脱ぐ手間をかけずに、ズボンに脚を入れて引き上げ、シャツを羽織るなりすれば即外に出られ、身支度を一秒でも早く整えられるからだ。今はそうした切迫感に晒《さら》されているわけではないが、久禮の安否を一刻も早く確かめたい気持ちが先に立ち、いつものように悠然としてはいられなかった。

五分でシャワーをすませ、一人旅を楽しんでいる旅行者ふうのラフな服装に身を固め、リュックサックと布製のダッフルバッグに、当面必要になりそうな衣類や道具類を分けて詰める。

数冊の偽造パスポートの中から『田中流司《たなかりゅうじ》』名義のものを選び、それをリュックサックの内ポケットに入れ、残りは底部の隠しポケットに仕舞《しま》う。田中流司は二十六歳のジャーナリストだ。武藤は優男ふうの若々しい顔立ちをしているので、十歳ほど下くらいに見せるのは容易《たやす》い。ことに海外では、実年齢に近く言うほうがむしろ意外がられる。

荷物を持ってフロントに行き、チェックアウトする。

午前六時を少し過ぎた頃だった。

九月のミラノの日の出は六時四十分くらいだ。まだ辺りは薄暗い。

ミラノ中央駅からエアポートバスに乗車し、リナーテ空港に向かう。

バルセロナまでは一時間半ほどのフライトだ。二時間後に出発する便が取れた。

搭乗時間まで有料ラウンジで過ごすことにして、そこでサービスされている軽食と飲みもので朝食にする。濃いめのコーヒーに、クラッカーやチーズ、フルーツといったものをつまむ。

そうしながら、ノートパソコンをインターネットに繋ぎ、情報集めをした。

旧市街地で深夜に起きた事件は、土産物店に強盗が入って拳銃が発砲された、と報じられており、現在捜査中となっている。逃走する車の目撃証言から複数犯だったとみられるが、行方は掴めておらず、店主の安否も不明。店舗と繋がった住居部分に血痕があり、誰かが撃たれて負傷した模様だが、今のところ医療関係者からは事件と関連がありそうな患者の情報提供はない。

久禮も裏稼業が本職の人間なので、万一に備えてセーフハウスは用意しているはずだ。難を逃れたようだとサーイが言うからには、今はそうした場所に隠れていると考えていいだろう。怪我をしたのが久禮でなければいい。まずは久禮の居場所を捜し出すことが先決だ。

久禮がセーフハウスにしそうな場所はいくつか思いつく。

とりあえずそこを順に当たることにする。

女帝の元部下たちより先に久禮を見つけて合流しなければ、また久禮を酷《ひど》い目に遭わせることになる。それだけは避けたかった。

八時になると同時に武藤は電話を一本かけた。

「おはよう。朝早くにすまない。狩屋三千人《かりやみちと》だけど、ビアッジョはいるかな?」

呼んできます、と妻が保留音に切り替えてから二分ほど待たされ、ビアッジョがまだ少し眠そうな声で電話に出た。

『おはようございます、カリヤさん』

「やぁ。悪いね、出勤前に」

『なぁに、かまいませんよ。何かあったんですか』

「うん。仲介してもらっている例のやつ、ちょっと納品早められないかな」

『事務手続きを急がせれば、商品自体はもうこっちに来てるんで問題ないですよ。あとは担当の役人がどれだけ優先的にやってくれるか次第ですかね』

「それ、魚心《うおごころ》あれば、って話なら、糸目はつけないよ」

『じゃあ大丈夫でしょう。今日にも交渉してきます。最短で明後日にはお引き渡しできると思いますよ』

「そうしてくれると助かるよ。ありがとう。ビアッジョにも謝礼はするから」

『任せてください』

ビアッジョは仕事のできるエージェントだ。報酬さえ弾めば大概の無理は聞いてくれる。本来は一週間先に納品されるはずの品も、役所の担当官に顔の利くビアッジョにねじ込ませると、これだけ納期を早められるのだから安いものだ。

話をつけて電話を切ると、バルセロナ行き便の搭乗が開始されるというアナウンスが、ちょうど流れてきた。

1

年代の古さを感じさせる石造りの建物が、身を寄せ合うようにみっしりと立ち並んだ旧市街に来ると、迷路に入り込んだ感覚になる。

石畳の狭い道は規則性もなく右に左に折れ曲がり、目の前を常に建物が塞いでいる感じで、すっきり遠くまで見通せる道が少ない。碁盤《ごばん》目状に道路が整備された地区とは趣《おもむき》が異なり、中世に紛れ込んだような雰囲気を味わうことができる。ガイドブックに紹介されている名所だったり、有名な画家の壁絵が見られたり、見所も多く、観光客に人気のエリアだ。

アイアンのバルコニー、壁に取り付けられた瀟洒《しょうしゃ》なデザインの街路灯、あちらこちらに飾られた植木鉢の緑、赤や黄の人目を引く看板、建物の隙間にちらちらと見える青空。そうした写真映えしそうな風景がある一方、両側から石壁が迫ってくるかのような、薄暗く、重たい雰囲気の路地も存在する。

久禮の土産物店は、どちらかといえばそういう感じの、静かな通りに面している。

武藤は観光客が迷い込んだふうを装ってその通りを歩いてみた。シャッターを壊された出入り口には立ち入り禁止のテープが渡されており、手前に警官が立っている。通りすがりに見たところ、店の奥に捜査官がいて、まだ現場検証中らしかった。騒然とした様子は窺えないので、おそらく地下の隠し部屋の存在は露顕《ろけん》していないのだろう。

警官に鋭い一瞥をくれられたが、観光客らしくキョロキョロしながら通り過ぎると、すぐに興味をなくした様子だった。

そのまま観光客の多い方に歩いていく。

道の左右の建物と建物の間を、渡り廊下のように二階部分で繋いだゴシック様式の小さな橋が観光名所になっている通りを経て、開けた場所に出る。

旧市街の中心的存在である大聖堂前の広場だ。

石段を上った先に、三つの尖塔を持つ威風堂々とした大聖堂が立っている。ネオゴシック様式のファサードは十九世紀に改装されたものだが、内部は十三世紀から十五世紀に百五十年ほどかけて建てられたゴシック建築様式、まさに歴史的建造物だ。

武藤は正面の入り口で入場料を払い、中に入った。

内部は思った以上に大きい。壁に取り付けられた年代物の壮麗なパイプオルガンや、青い色が特に美しく感じられるステンドグラスに目を奪われる。厳《おごそ》かな雰囲気の中、観光客たちもここでは静かに観て回っている。

そして、一際目につくのが、聖堂の中央にある壁で囲われた部分だ。コロと呼ばれる、聖職者たちが座る場所で、スペイン特有のものらしい。最奥に祭壇、祭壇の下には聖女の墓があった。

大聖堂の横には中庭を有する回廊がある。

そちらは日が差し込んでいて明るく、ギフトショップや、貴金属などの宝飾品が陳列されたミュージアムなども入っている。

大聖堂を一通り見学した武藤は、回廊側に設《もう》けられた出口から外に出た。

万一、空港から誰かに尾行されていたらまずいと慮《おもんぱか》り、わざわざ大聖堂に寄って不審な人間がついてきていないか確かめたのだが、問題なさそうだ。

そこからまた不規則に交差したりカーブしたりする道を五分ほど歩き、狭い路地に四、五階建てのアパートがぎゅうぎゅうに立ち並び、カフェや書店、バルといった昔ながらのこぢんまりした店が地味に営業している通りに足を踏み入れる。

この辺りはガイドブックなどで紹介されることはまずなく、観光客はほとんど見かけない。傷《いた》みや汚れが目立つ石造りの建物や、ところどころ塗装の剝《は》げた壁を持つ小さな建物が並んでいて、地元の人々の生活圏という印象だ。

そんな中に、午前十一時から日付を跨いで午前零時半まで開けているバルがある。

カウンターだけの小さな店で、スタンディング形式で一杯やりながら、ピンチョスやタパスを気軽に食べられる。シェフがバスク地方の出身らしく、料理はバスクふうだ。武藤も以前一度だけここで食事をしたことがあった。

まだクレトと取り引きする前の話だ。金さえ払えばたいていのブツは手に入れてくれると評判の銃器密売人クレト——どういう人物なのか興味が湧いて一週間ほど観察してみようと跡《あと》を尾《つ》けたことがあった。その際、この辺りで見失うという失態を犯したのだ。

久禮とそれなりに親密な付き合いをするようになってからも、このときの話はしたことがないのでなんら確信があるわけではないが、おそらくこの近くに身を隠す場所を持っているのでは、と頭の片隅で思っていた。

さすがにバルの中に久禮の姿が見つかるとは期待していなかったものの、念のため道の反対側からガラス越しに店を覗《のぞ》いてみる。

昼時とあって店内は適度に混んでいる。客のほとんどは常連らしく、慣れた様子で店員と遣《や》り取りしたり、近くの者同士で世間話でもしながら飲み食いしている感じだ。前に武藤が入ったときと変わりない雰囲気なのが見て取れる。

ついでに店の周囲も見たが、特に変わった様子はない。この通りには車は入ってこられず、歩いているのも、ときどき自転車で走り抜けていくのも、地元の人間ばかりという印象だ。

そう思った矢先、右手から二人連れの男が現れた。

背格好や容貌から見た感じ、アジア系の人間っぽい。それより武藤の注意を引いたのは彼らの歩き方だった。歩くとき僅《わず》かに重心が傾く。見る者が見なければわからない程度だが、武藤の目はごまかせない。おそらく上着の下に拳銃を隠し持っている。おまけにジャケットを着た男のほうは、右手の甲に包帯を巻いていた。

こいつらが久禮を襲った連中か。

だとすれば、なんらかの情報を得てここに来たのだろう。

二人の目的はバルで、迷う素振りもなくドアを開けて入っていく。

明らかに異質なオーラを放っており、バルに客として入店したわけでないことは一目瞭然だった。横柄《おうへい》な態度で、カウンター越しに店員に何事か聞いている。脅すような凄んだ顔つきで店員を萎縮させ、忙しい時間帯の店に迷惑をかけようがおかまいなしだ。

一人が店員に詰め寄っている間、もう一人は店の中を物色するように歩き回っていた。何か捜しでもしている感じだ。

そこまで見届ければ十分だった。

バルが入った建物と、隣接する四階建ての建物の間に、通り抜けを禁ずる鉄製の柵が設置されている。久禮の姿がこの辺りで消えたとなると、ここから入るしかないと結論づけていた。

武藤は周囲に誰もいないのを確かめ、リュックを背負ったまま高さ一メートル半ほどの鉄柵をひらりと苦もなく乗り越えた。先に内側に投げ入れておいたダッフルバッグを拾い上げ、隙間を進む。

隣のビル同様に、バルが入った建物も四階建ての高さがあり、背後には五階建てのビルが立っているため、どの道からも見えない区画の中央に、ちょっとした広さの敷地がある。

隙間を抜けた先はそこで、二階建ての箱型の建物が立っているのを見た武藤は、やっぱりここだったかと、思わずニヤリと唇の端を上げていた。

すぐに気を引き締め、外階段を上がって二階にあるドアを叩く。ざっと見たところ、玄関はこちらしかった。一階は倉庫のようだ。バルの裏口がこの庭のような場所に通じていることから、もともとはあのビルのオーナーが物置だか離れだかにしていた建物なのだろう。周囲を低層の建物に囲まれた様は秘密基地を思わせる。

「久禮」

トントントンとノックしながら低めた声で呼びかけると、いきなり扉が開いた。

開いたと同時に、腕を掴んでグイと中に引っ張り込まれる。ろくに顔を見る暇もなかった。

「おまえっ……何しに来た！」

秒の速さで閉めた扉に鍵を掛け、乱暴に武藤の腕を払うようにして離して、久禮が怖い声で聞いてくる。

「ひどいなぁ。自分から僕の腕を掴んで引きずり込んでおきながら、突き放すみたいに」

「黙れ。質問に答えろ」

「わかってるよ。でもそういう話は後だ」

武藤はダッフルバッグを床にドサッと下ろすと、ファスナーを開けて衣類の下に手を潜らせ、分解して持ってきた拳銃のパーツを包んだ布を広げ、あっという間に組み立てる。この程度のことは朝飯前だ。目を瞑《つむ》っていてもやれる。実際、暗闇で組み立てなくてはいけないシチュエーシヨンに出会《でくわ》したことも過去にあった。

「バルに二人連れの男が来てる。店のスタッフに凄みを利かせて詰め寄っていた」

「中国人か」

すぐに久禮も状況を呑み込み、窓辺に近づき、ブラインドの隙間から外の様子を窺う。

「たぶん。じきに店の裏口を蹴破ってここに来るだろうな」

「時間の問題だとは思っていたが」

久禮もずっと潜んでいる気はなかったようだ。壁に付けて置かれたソファベッドのクッション下からPPKを取り、マガジンを確認して腰に挟む。服装は相変わらず黒ずくめだ。筋肉の形がくっきりと浮き出た薄地のセーターの上にパーカーを羽織る。それもまた黒だった。

武藤は当面必要な品だけをリュックサックに詰め直し、それ以外の荷物はここに置いていくことにする。むろん見られても差し支えないものばかりだ。

「どうする？　ここ、バルの店内を抜けるか、敷地の脇を通って鉄柵を乗り越える以外、どこにも通じていないんだろ」

このままでは袋の鼠《ねずみ》だ。

「ついて来い」

久禮はいちいち説明する気はなさそうに、命令口調で言うだけ言ってさっさと螺旋《らせん》階段を下りていく。カーキ色のミリタリーナップサックを右肩に担ぎ、俊足で、武藤を振り返りもしない。

屋内から一階の倉庫に行けるだけかと思っていたら、そのまま地下に続いていた。コンクリートで固められた通路は、方角的にバルの下に繋がっているようだ。

「なんなんだ、ここ」

冗談抜きで秘密基地めいている。呆《あき》れると同時に、子供の頃の冒険心を刺激され、逼迫《ひっぱく》した状況にもかかわらず高揚してきた。

これがバルのオーナーの趣味なら、武藤とも気が合いそうだ。ただの家主と店子《たなこ》だとは考えられない久禮との関係も気になるところだが、聞いたところで久禮は教えてくれないだろう。知り合ってそれなりに経《た》つが、久禮は自分のことをほとんど語らない。武藤が信用されていないというより、そういう性格のようだ。

男二人が並んで通るには窮屈《きゅうくつ》な地下通路を、ペンライトを持った久禮について行く。

感覚的にバルの下辺りまで来たと思ったとき、前方にエレベータが見えた。久禮に続いて小さなケージに乗り込む。久禮は屋上階のボタンを押した。

上昇中も久禮は無言で、武藤を一瞥もしない。そもそも久禮は、十一ヶ月前会ったときと代わり映えなく前髪を目に被さるほど長く伸ばしたままで、どこに視線を向け、何を考えているのか読みづらい。

音もなく停まったエレベータのドアが開く。

バルが入ったビルの屋上だ。コンクリートの真っ平らの地面に、給水タンクとエレベータを囲った建造物があるだけで、端にぐるりと膝までの高さの転落防止ブロックが設置されている。

「伏せろ」

武藤は久禮の指示に反射的に従っていた。

地面を見下ろすと、まさに、バルの裏口から出てきた男二人が、久禮と武藤が今し方までいた離れの建物に向かっているところだった。

「行くぞ」

腰を屈めて走り出した久禮に武藤も身を低くしてぴったりついて行く。

こちらとほぼ高さが同じ隣接するビルの間際まで来る。

向こうのビルには屋上はなく、煤《すす》けたオレンジ色のスペイン瓦で屋根が葺《ふ》かれている。

ビルとビルの間はおよそ二メートル、着地目標地点との高低差約五十センチ。

「先に行け」

久禮はよけいな口はいっさい利かず、跳べて当然のごとく武藤に顎をしゃくる。

「はい、はい」

武藤も気易く応じると、ブロックの手前で踏み切って余裕で瓦屋根に跳び移った。

すぐに久禮も跳んできて、着地と同時に「来い」と武藤を促し走り出す。

なんだかパルクールでもしている気分になってきた。武藤はそれも嫌いではない。目の前の障害にどう対処するかを瞬時に判断し、即座に反応する肉体を作っておく。そうやって自分を鍛《きた》えること自体が好きだ。失敗すれば転落死の可能性もある危険なハードスポーツだが、武藤はそのくらい緊張感があるほうが燃えられる。

荷物もこの程度なら軽いものだ。

自衛隊にいた頃は、荷物と装備併せて三十キロからの負荷を掛けた訓練をこなしていた。外人部隊に入隊してからの新兵訓練はさらに過酷だった。実戦は言わずもがなだ。

道路側に面した瓦屋根を駆け抜け、次の建物に跳び移る。

幸い通行人が異変を感じて屋根の上を見上げ、騒ぎだすこともなく、離れに向かった二人連れにも気づかれないうちに、区画の端の建物まで移動してきた。

最後はアパートの側面に取り付けられた非常階段に飛び降り、そこから階段を使って一階まで下りた。下りた先は人通りのない昼間でも暗い路地で、誰にも見咎《ま》められずに男たちを撒けたようだ。

「はーっ、久々にいい運動したなぁ」

武藤は少しだけ息を弾ませていたが、久禮は汗一つ掻いておらず、あの閑古鳥《かんこどり》が鳴いている暇な土産物店のレジにムスッとした顔つきで座っているときと変わらない。こいつやっぱり只者《ただもの》じゃない、と武藤はあらためて関心を強くする。銃器の裏取引などをしているくらいだから、普通に只者でないのは承知していたが、どうやらそういうレベルではないようだ。

「これからどうする?」

「……昼飯は？」

「まだだけど」

武藤の返事を聞くと、久禮は少し考えてからどこへ行くとも告げずに歩き出した。慣れているので武藤も黙ってついて行く。

久禮は不規則に折れたり曲がったりしている道を、目を瞑っていても間違わずに行けそうな躊《ため》躇《ら》いのなさで抜け、幅広い歩行者専用路が中央に設けられた大通りに出た。左右の端と端にそれぞれ一方通行の車道がある。有名なランブラス通りだ。海の方へ行けばコロンブスの記念碑、反対側に行くとカタルーニャ広場で、ガイドブックに必ず載っている。

「とりあえず人の多い場所に来たってわけか」

「この辺りには食事をする場所もいろいろある。話はそこで聞く」

久禮がようやく会話に応じてくる。ぶっきらぼうで愛想のかけらもないが、今はいつもと変らないことが武藤には安心できてよかった。

「怪我はなさそうだね」

食事をしながら話すことにはもちろん賛成だが、テーブルに着くまで黙ったまま歩くのも焦《じ》れったい。武藤は久禮に聞きたいことがたくさんあるし、久禮も武藤がなぜ来たのか知りたがっているはずだ。

返事は期待しないまま、勝手に話し続ける。

「今朝きみの店に強盗が入った、銃の発砲もあったと聞いて、ひょっとしてこれ僕のせいかなと気になったんだ」

「べつにおまえには関係ない」

とりつく島もないそっけなさではあったが、無視されないだけでも御《おん》の字だ。武藤は傍《かたわ》らを歩く久禮の横顔に、にっこり笑いかけた。目まで覆い被さる黒髪のせいで表情はよくわからないが、なんとなく久禮もこの状況をそこまで嫌がっていない気がする。

「うん、まぁ、関係ないと言えば関係ないんだけど、これでもしきみが捕まって、僕と取り引きしたことを吐かされたりしたら、次に狙われるのは僕だから、まんざら無関係でもないと思ってさ。もちろん、きみの口の堅さは承知しているし、信用もしている。だけど、あんまりひどい目に遭わされたら僕も寝覚めが悪いしね」

本音は本気で心配し、そんなことになる前に助けに来たわけだが、久禮のようなどこか達観して喜怒哀楽の感情が薄そうな男に、こちらの気持ちを押しつけても仕方がない。重いと敬遠されるのがオチのような気がして、あえて言葉にしなかった。結局は自分の身が可愛いだけという体《てい》を装う。それで久禮に武藤啓吾という人間を誤解されたとしても、もともと個人的にそれほど深い付き合いをしているわけではないし、今後の仕事に影響しないならかまわない。そう思っている。なにしろ久禮と会うのは、多いときでも年に二度か三度だ。今回も十一ヶ月ぶり。会うたびに自分から誘ったり、久禮から黙って押し倒されたりして寝ているが、深い意味はない。

——たぶん。

「きみを襲った連中が中国籍だったなら、僕が請け負った仕事が絡んでるんじゃないかと思ってさ。それとも、きみには他に心当たりがあるかい」

「さぁな」

久禮は公私の区別なく他人との関わりについて話そうとしない。自分の過去についても同様で秘密主義だ。逆に、こちらのことも誰にも漏らしていないと信じられる。さぁとはぐらかされても気を悪くはしなかった。

「まぁ、ぶっちゃけ僕にこの件を教えてくれた人は、報復に警戒してこの数ヶ月彼らの動向に注意していたらしいから、彼らが何者で、狙いはなんなのか、はっきりしているんだよね」

「だったら、連中が本当に用があるのはおまえのほうだろう」

久禮は苛立ちを露《あらわ》にしたかのように少し歩調を速めた。

「わかっていながら、わざわざ来るとは、どういう料簡《りょうけん》だ」

「すぐ近くにいたんだよ。たまたまね」

武藤はしゃらっとして返す。

「しばらく骨休めするつもりで、フランス、スイス、イタリアと周遊中だった。昨晩ミラノに着いたばかりでさ。ミラノの次はヴェネツィア方面に移動する予定だったけど、智宏の土産物店が襲われたって電話もらったんで、ちょっと予定変更してバルセロナに行くことにした。きみが捕まるんじゃないかと気にしながらでは、せっかくの休暇を心から楽しめない。不安は先に取り除いたほうがいい。そう考えただけさ」

「お節介なことだ。言っておくが礼は言わない。むろん謝礼も払わないぞ」

「こっちも気まぐれで来ただけだ。感謝されようなんて毛ほども思ってないよ」

むしろ迷惑がられると承知していた。久禮の態度は予想通りだ。

「僕だって少しは役に立つかもしれないよ。少なくとも足手纏いにはならない」

「足手纏いになると思ったら、さっさとおまえを連中に差し出して、俺は逃げるだけだ」

「またそんな心にもないことを」

「心にもないかどうか試してみるか」

「いやいや。でも、そうなったらなったで仕方ないと、覚悟だけは常にしてるけどね」

物騒な会話を悪趣味なジョークのように交わしながら、実際どこまでが冗談なのか武藤には確信はなかった。ひょっとしたら久禮に裏切られるかもしれない。その可能性はないとは言い切れないが、武藤の心の中には久禮を信じたい気持ちがなんとなくあって、それに従って行動しなければ後悔する気がした。

話すうちにランブラス通りからカタルーニャ広場に入っており、鳩のいる広々とした中を斜めに突っ切るように歩いていた。

広場の中央には大小様々な彫刻が並んでいる。

それらを横目に、グラシア通りに向かう。

「ここでいいか」

辺りに数え切れないほどあるレストランの中から久禮が武藤を連れて入ったのは、デパートの近くにあるタベルナだった。カタルーニャ料理を出す店だ。肉やソーセージのほか、米や野菜、魚介類を使う料理が豊富で、日本人の口にも合いやすい。前回久禮と食事をしたときに、武藤はシーフードが食べたいとリクエストしたのだが、久禮はそれを覚えていて、ここにしたのかもしれない。

漆喰《しっくい》の壁にダークウッドの窓枠、煉瓦《れんが》をアーチ状に積み上げた内壁など、内装のセンスもよく落ち着いた雰囲気の店で、観光客と地元の客とが半々のようだった。

蒸し野菜のサラダ、魚介のグリル料理にアイオリソースを添えたもの、焼きソーセージとインゲン豆など、適当に見繕って注文する。料理が来るまで、冷製の前菜をつまみながら、冷えた白ワインを飲む。

「あのバルの料理も美味しかった記憶があるなぁ。バスク料理だっけ。ピンチョスの種類がたくさんあって、どれも彩《いろど》り鮮やかで食べてみたいものばかりだった。シェフも気さくでいい人だったけど、今もあそこで働いているのかな。僕が日本人だとわかると、日本好きだって言っていろいろサービスしてくれた」

数年前、久禮を尾行していてあの辺りで見失い、仕方なくバルで食事をして帰ったときのことを武藤は久禮に率直にぶつけた。

「僕が跡を尾けてたこと、智宏、気づいていただろ？」

ズバリと聞く。最初からそのつもりでこの話を始めた。

「そんなこともあったな」

久禮はしらばっくれなかった。今さら隠しても仕方がないと判断したのだろう。

「今回、きみが一時身を潜める場所としてまず頭に浮かんだのがあそこだったんだけど、勘が当たってよかった。捜す手間が省けたよ。しかし、敵もさる者だね。嗅ぎつけるのが早い。きみのことを徹底して調べてるんだな。一歩遅かったらきみはやつらに連れていかれていたかもしれない。まんまと逃げおおせたとしても、僕はまた一から捜し直しになるところだった」

武藤は自分が言った言葉にあらためて久禮との縁を感じ、こうして関わってしまうのも避けられない運命なのかも、などと柄《がら》にもないことを考えてしまう。切っても切れない仲というのか、くされ縁というのか。もっとも、そう感じているのは武藤だけで、久禮が何を考え、どんな心持ちでいるのかは今ひとつわからない。久禮にとってはたまたまそういうタイミングだったというだけで、ここに武藤がいる必然性は……おそらく、さしてないのだろう。

「そうまでして俺を助ける必要、あったのか。気まぐれにしては熱心だな」

案の定、久禮は他人事のように突き放した発言をする。乾いた印象の声からは、どんな感情も廃した冷ややかさだけが感じられ、それは自分自身にも向けられているようだった。

そんな久禮を前にすると、武藤はなんだか無性に歯痒くなって、絶対に引き下がってやるものかという気持ちになる。我ながら、何をそう意地になっているんだと思わなくもないが、久禮に対しては感情が理性を上回るときがある。

「諦めが悪いだけだよ。負けず嫌いなんだ。それに、多少なりと僕にも情はあるしね」

最後の一言はよけいだったと、言った端から後悔する。久禮に皮肉かと取られても仕方がない。実のところ当てつけのつもりは少なからずあった。

ピクリ、と久禮は頬肉を一瞬引き攣《つ》らせたが、いつものとおり無言で受け流し、それで、と続きを促すようにこちらに顔を向けてくる。視線が絡むのがわかった。

「かといって、僕もすんなり連中の前に出ていって捕まる気はない。誰ともつるまない主義だとは承知しているが、今回だけはほとぼりが冷めるまで一緒に行動しないか」

武藤は率直に提案した。

フッ、と久禮が溜息を洩らす。

仕方がない――諦念《ていねん》とも妥協ともつかない感情がそれに乗ってくる。

「飛んで火に入る夏の虫だと呆れるほかないが、こうなったら梃子《てこ》でも動かないのは知っている。さっきはあんなふうに言ったが、俺は顧客を売ったことなど一度もない。どんな状況になっても、それだけは守る。だからおまえは何もせずにどこかに雲隠れしていればよかったんだが、今それを言っても無意味だしな」

「そう、意味ない」

やっと久禮と意思の疎通が図れた気がして、武藤は少し気が楽になった。

この頑固者の一匹狼を頷《うなず》かせるのは、敵を出し抜くより数倍大変だ。

とりあえず話が決まったことの確認の意を込め、武藤はワイングラスを目の高さに掲げた。

久禮も渋々といった感じでグラスを上げる。

どことなくぎくしゃくしていて、戸惑いを隠せていないのが、なんとも新鮮だ。こんな久禮は初めて見る。

「智宏ってやっぱり僕より年下なのかな」

前からどっちなのかちょっと知りたかった。

ギロッと髪の下から久禮に睨《にら》みつけられる。今だけ手を組むことに合意したが、馴れ合うつもりはない。鋭い視線がそう言っていた。不機嫌そうに歪んだ唇から表情が推し量られる。

「俺をその名で呼ぶのをやめさせるのはもう諦めた。だから、それ以上の詮索はするな」

「詮索と言うか、純粋に興味があるだけ。僕もよく歳がわからないって言われるけど、智宏はその鬱陶《うっとう》しい前髪のせいで顔がまともに見えないぶん謎めいた印象が強いんだよね」

鼻筋の通り方や顔の輪郭《りんかく》、形のいい唇などから整った顔立ちをしているであろうことは想像に難《かた》くないし、風が吹いたときや、邪魔そうに髪を掻き上げたときなどにチラッと覗けた素顔は実際綺麗なのだが、まじまじと見る機会がないので年齢は不詳だ。

「知ってどうする」

「年上なら態度をあらためる……かも」

どうせ教えてくれる気なんかないんだろうと思っていたので、茶化すつもりで言ったのだが、どうした気の迷いか、ムスッとした声で「三十二だ」とぶっきらぼうな返事があった。

「へぇ……」

驚きが先に立ち、武藤は一瞬きょとんとしてしまった。完全に虚《きょ》を衝《つ》かれた気分だ。

「……残念、僕のほうが三つ上だ」

「せいぜい二十七、八にしか見えないが、元自衛隊のエリートだとか、傭兵みたいなこともしていたという話が事実なら、それくらいにはなっているだろうな」

「その話、結構噂になってるみたいだね」

今さらなので武藤はあっけらかんと受け止める。

「僕は智宏ほど秘密主義ではないから、べつに隠しているわけでもないけどさ」

「俺の話を聞きたがるやつはおまえくらいだ」

「なら、年齢の他に何かもう一つ教えてくれない？」

この機を逃せば次はいつこうした話ができるかしれないと思い、武藤は図々しくねだった。

久禮は洗練された手つきでナイフとフォークを使いながら、面倒くさそうに「何かとは？」と応じてくる。ダメ元だったので武藤は特にこれと決めておらず、咄嗟《とっさ》に思いついたことを言う。

「あのバルのオーナーとの関係とか」

武藤自身は自覚していなかったが、よほどこのことが意識下で気になっていたらしい。

あんな、いかにも隠れ家めいた物件をたまたま見つけたとは思えず、オーナーと特別な仲なのではないかと邪推せずにはいられない。久禮の過去、特に人間関係に関する俗っぽい好奇心は正直あった。

「オーナーは俺だ」

いろいろ想像を巡らせた武藤を嘲笑《あざわら》うかのごとく、久禮の返答はシンプルで、曲解の余地もない。武藤は拍子抜けして、取り繕いもせずにがっかりした顔を見せてしまう。

「店子との賃貸契約は不動産会社に任せているから、バルの店長とも面識はない。中庭の離れに未明から俺が来ていたことも知らなかったはずだ。店は十一時から営業を始めたばかりだったからな。二人組の男たちが乗り込んできて傍若無人《ぼうじゃくぶじん》なまねをしたなら、さぞかしびっくりしただろう。客にも迷惑をかけて、悪いことをした」

「店の心配はもっともだが、それより、僕は連中の動きの速さが気になる。前もって相当念入りに調べられていると思ったほうがいいな」

「今のところ、おまえや依頼人に繋がる手掛かりが俺だけで、俺を捕まえることに全力投球しているんだろう」

「他にセーフハウスは？」

武藤も食事をしてワインを飲みつつ、レジャーの行き先を尋ねるかのような軽い調子で聞く。

「あることはあるが……」

久禮は言葉を濁し、少し考える間を作る。

「この分だと、どこも見張られている可能性が高い」

「そうだね。かといってホテルを利用するのも微妙だな。連中、銃を持っているし、万一そういう公共施設でぶっ放されたら、一般人を巻き添えにする危険が増す」

「ホテルなんかは問題外だ」

久禮は切って捨てるように言うと、顎に手をやり、僅かに俯《うつむ》きがちになる。

「あんまり気は進まないが、こんなとき便宜《べんぎ》を図ってくれそうな知り合いが一人いる」

喋《しゃべ》り方を聞いていても、久禮が本当に躊躇いがちなのが察せられ、いったいどういう知り合いなんだと武藤は興味が湧いた。

「十数年前からの知り合いで、昔だいぶ世話になった男だ。逆に俺が窮地を救ってやったこともある。そのことを今でも恩に着ているようだから、一晩か二晩程度なら泊めてくれるかもしれない。ただ、家族持ちだってのと、裏社会の連中と癒着している悪徳警官だってのがネックだ」

なるほどそうきたか、と武藤は苦笑を禁じ得なかった。

「悪徳警官ねぇ。どの程度のワルかは知らないけど、僕のほうが間違いなく悪人だから、僕は気にしないよ」

「俺も似たり寄ったりだ」

久禮もサクッと認め、前髪の隙間から武藤を見据えてくる。

「おまえがそのくらいで引かないのはわかっていたが、こいつがきな臭い人間なのは間違いない。市民の味方面して街のお巡りさんを何十年もやってるが、賄賂《わいろ》を渡せばたいていのことには目を瞑るし、親切には裏がある。俺も昔散々騙《だま》され、食いものにされた」

「まだ若かった頃の話、みたいだね」

久禮がこんな話を自分からするとは思わず、武藤は話の腰を折らないよう、慎重に言葉を選んだ。めったにない機会だ。もっと続けてほしかった。

「おかげで俺も人を見る目を鍛えられた。そいつとも対等以上に渡り合えるくらい立ち回りがうまくなったし、力を持った連中にもコネができて、手広く商売して大金を稼ぐようになっていた。運も味方してくれたんだろう。そのうち、そいつが大失態をやらかした。裏の連中から命を狙われる事態になって、俺の知り合いの権力者に泣きついてきた。そのときたまたまその場に居合わせた俺は、冷たく追い返しかけた権力者に、昔世話になった男だから助けてやってくれと頼んでやった」

「ああ、それなら、きみの頼みは断らないね、彼。きっと」

「今もその権力者は健在で、昔以上の大物になっている。俺との付き合いも切れてはいないが、俺はなるべくその人には借りを作りたくない」

「僕が智宏の立場だったとしても、そうするよ」

武藤は心の底から同意した。尋常でない力を持った人物に借りを作ると、ときに、こちらの及びもつかないえげつないやり方で返戻《へんれい》を求められることがある。関わらずにすむなら関わらないほうが得策だ。その場は助けられたと思っても、後々さらなる苦境に陥《おちい》ることがある。中にはそれが狙いで貸しを作っておこうとする者もいるのだ。

「とりあえずその悪徳警官さんを頼ってみようか」

ここは武藤が決めるほうがいい気がした。

柄にもなく久禮が饒舌《じょうぜつ》に昔語りをしたのは、武藤にその男の人となりをきっちり教え、それでもかまわなければ、という意図でだろう。

「そいつの名前はマルコス。マルコス・ドラード。六年前に結婚した妻と、五歳になる娘がいる。妻はベニータ、娘はララ」

久禮は家族構成と名前まで教え、「電話してくる」とスマートフォンを手に席を外す。

一人テーブルで待つ間、武藤はコミュニケーションアプリで搭乗前に電話で納期を急ぐように頼んだ業者にメッセージを送信した。今朝の件はどうなったか確かめる内容だ。

すぐに既読になり、ビアッジョから返事が来る。

武藤の希望通り納品を早めるとのことだ。首尾よくいったらしい。助かった。

三分ほどして久禮が戻ってくる。

「力になるからうちに来い、とのことだ」

マルコスは恩を忘れていなかったようだ。

「事情はどの程度話した？　マルコスは昨晩の事件を知っていたのか？」

「知っていた。それで、まさに電話しようと思っていたところだった、と言っていた」

「警察の人間なら当然耳に入るだろうな」

「いや。昨晩は夜勤でパトロールに出ていて、明け方帰宅してさっきまで寝ていたとかで、起きてからニュースで知って驚いたらしい。無事でよかった、話は会って聞く、とにかくすぐここに来い、と捲し立てられた。言うだけ言うと向こうから電話を切ったので、おまえのことを話す暇はなかった」

「ずいぶん一方的な警官だな」

「電話なんかまだるっこしいと思ったんだろう」

久禮はフッと息をつき、「どうする？」ともう一度聞いてきた。

「もちろん行くよ。僕のことは、智宏にとって都合がいいように紹介してくれたらいい」

武藤は揶揄を込めてニヤッと久禮に笑いかける。

「たまたま日本から遊びに来ていた従兄でも、友人でも、恋人でも」

「おまえはどれがいい？」

ふざけるな、と怒って無視するかと思いきや、真面目に聞き返され、武藤は返事に詰まる。

久禮は武藤が答えなくても一向に気にすることなく、ボーイに合図してテーブルチェックを頼み、会計しながらボソッと言う。

「恋人にしておくか」

最もあり得ないはずの選択に、武藤は「はっ？」と目を丸くした。

久禮を動揺させて楽しむはずが、逆に狼狽《うろた》えさせられるはめになり、してやられた気分だ。

「冗談だ」

武藤が口を開く前に、久禮は面白がるでもなさそうにムスッとしたまま前言を翻《ひるがえ》す。

とても冗談だったとは思えず、武藤はどう反応すればいいか迷い、困惑する。

こんなふうに人をからかうこともあるのかと、久禮の新たな一面に触れた心地だ。

「行くぞ」

まだ少し戸惑ったままの武藤を置いて、久禮はさっさとテーブルを離れる。

武藤も慌てて立ち上がり、待つ気もなさげに足早に店を出ていく久禮の後を追いかけた。

＊

マルコスの家はカタルーニャ広場から北西に行ったグラシア区の外れにあった。

なかなか瀟洒な一軒家だ。一介の警察官の給料だけでは持てそうにない物件で、裏で不当な金を得ているというのが納得できる。とは言え、武藤自身、善良な市民からはほど遠いので、誰がどんな悪事を働いて稼いでいようと責められる筋合いではない。

「おい、大丈夫か、おまえ！」

久禮がインターホンを押すなり、待ち構えていたかのような勢いで玄関を開けて出てきた男を見て、善人には見えないが、極めつけのワルというほどでもないな、と武藤はまず思った。

マルコス・ドラードは中肉中背で、頭髪が薄くなりかけた四十代と思しき男性だ。高圧的な感じは受けず、親切そうなので、道に迷ったとき彼を見かけたらちょうどよかったと思って声をかけるだろう。不器用な笑顔も、かえって信用してよさげな正直者っぽさを感じさせる。だが、ふとしたときに目つきに不穏なものが混じったり、微笑みが崩れかけることがあり、腹の中は読めない感じがする。

なるほど、十代かそこいらの世間知らずだったなら、いい人だと思って懐き、その後少しずつ本性が見えてきて、しまったと後悔することになりそうな輩《やから》だ。

「とにかく入れ！　早く！」

あたかも、誰かが追いかけてきていて一刻を争うかのような性急さで、家に上がれと言う。

その心配もなくはなかったが、武藤も久禮もここに来るまでには慎重に慎重を重ね、不審者を案内するような不手際は犯していないない。尾行はされていないと断言できる。

「マルコス」

冷静そのものの態度で久禮が背後にいた武藤を紹介する。

「日本人の友人だ。彼も心配して連絡をくれ、わざわざ様子を見に来てくれた。こいつも一緒でかまわないか」

「そ、そりゃあ……まぁ、いいが」

久禮が一人でなかったとは予想外だったようで、マルコスは武藤を見て明らかに気まずそうにしていた。チラッと一瞥をくれ、すぐに視線を逸《そ》らす。迷惑がっているとまではいかないまでも、どう対すればいいのか戸惑っているのは間違いない。

「と、とにかく、居間で話そう。うちは安全だ」

安全だ、と言いながら、マルコスは何度も玄関ドアを気に掛ける。

久禮と武藤を居間に案内する際も、どこかソワソワしていて、自分の家なのに寛げていないような妙な空気だ。

「ララは学校か。ベニータはいないのか」

二階建ての結構大きな家だが、他に人のいる気配はせず、久禮が僅かに首を傾げる。

「あ、ああ」

先に立って歩いていたマルコスは振り返らずに返事をする。

「ベニータは今パートに出てる。近くのコスメショップで働いているんだ」

久禮は「そうか」と相槌《あいづち》を打つ。

窓を大きく取った居間は明るく、家族の幸福な団欒《だんらん》を想像させる温かみがそこかしこに感じられる。座り心地のよさそうなソファ、天板に大理石を使用したセンターテーブル、起毛のしっかりしたラグなど、家具調度品にも金をかけているのが窺える。センスも悪くない。おそらく夫人の趣味だろう。皺《しわ》だらけのシャツにケチャップの染みまで付けているマルコスとこの部屋は、かけ離れた印象だ。

「まぁ座れ」

マルコスは、自分は立ったまま、久禮と武藤をソファに掛けさせる。

「ひょっとして、あんまり寝てないのか」

久禮がマルコスの顔をジッと見据えて聞く。目の下のクマは武藤も気になっていた。もともと肌の色が褐色みを帯びているのでそこまで目立ちはしないが、全体的に疲労している感じで、夜勤明けというのは本当だろうと思われた。

「いや、そんなこともないんだが」

居間に来てもマルコスはやはり落ち着きがない。会話も上滑りしているようで、どうにもしっくりこなかった。

部屋は空調が効いて、きちんと片づいている。

再度感覚を研ぎ澄まして探ってみても、二階を含め屋内に人の気配はない。

それでも違和感が拭い切れず、先ほどからしきりに油断するなと虫が報《しら》せていた。

「俺のことより、今大変なのはおまえだろう、トモヒロ」

マルコスが気を取り直したように本題に戻る。

「いったい何をしでかしたんだ。あんなしけた土産物屋を強盗が狙うはずがないとは思っていたが、目的はおまえか。どこかの組織に追われてるのか」

畳みかけるように聞いてくる。

久禮がマルコスにどこまで話すつもりなのかわからず、武藤は口を挟まず聞き役に徹することにした。

「中国系のやつらにちょっと顔貸せと迫られている。俺に聞きたいことがあるらしい。向こうも必死のようで、昨晩は銃まで撃ってきた。それでとりあえず逃げたんだが、またすぐに居場所を突き止められたんで、いよいよ頼れる先があんたのとこしかなくなったってわけだ」

「おまえが俺を思い出したのは正解だ。俺も事件を知っておまえが無事か確かめねぇとと思った矢先だった。しかし、おまえにこんなダチがいるとはな」

マルコスは珍品を見るような眼差《まなざ》しを武藤に向けてくる。

「せっかく心配して来てくれたのに、こんなこと言うのは無情かもしれねぇが、オトモダチには帰ってもらったほうがよくないか。ここにいれば大丈夫だとは言っても、万一何か起きたとき、俺一人でおまえら二人護《まも》るのはちっときついぜ」

「俺もそれは考えた。だが、逆にこいつに目をつけられて、俺をおびき寄せるための人質にされたらそっちのほうが困る。もうこうして俺と一緒に行動してるから、やつらにもこいつの存在はバレてるはずなんだ」

「ええっと、あんた……」

「田中流司です」

マルコスが、まだ聞いてもいない武藤の名前を思い出そうとするかのように額に皺を寄せたので、武藤は自分から名乗った。バルセロナでアートの勉強をしている二十七歳、という設定だ。インドア派のおとなしそうな男を装っているので、よもや高い塀を軽々と乗り越えたり、四、五階ある建物の屋上を跳び移ったりして逃げてきたとは夢にも思わないだろう。

「リュウジか」

「マルコス、こうなった以上、リュウジも自分のアパートに帰るのは危険なんだ。あんたには迷惑をかけて悪いが、今夜一晩だけでも二人面倒みてくれないか」

「迷惑とかは気にしなくていいんだが」

「ベニータは何時に帰るんだ？　彼女に事前に知らせなくていいのか」

「大丈夫だ。これしきのことで騒ぐほど狭量《きょうりょう》な女じゃない」

マルコスは親指の腹で鼻の頭を一撫でして言う。そのとき視線も泳ぎ、窓の辺りで一瞬止まったのを武藤は見逃さなかった。

窓辺には観葉植物の植木鉢が置かれている。

「……おっと。うっかりしていた。おまえたち何か飲むか。外はまだ暑かっただろう」

「気を遣わないでくれ」

「そんなんじゃねぇ。喉が渇いたから俺が飲みたくなっただけだ。話はわかった。リュウジも一緒でかまわねぇから、しばらくここにいろ」

「すまないな。恩に着る」

「なぁに。おまえには借りがあるからな。よし、ちょっと待ってな」

マルコスは隣のダイニングキッチンに行く。

姿は見えなくなったが、戸棚を開け閉めしたり、グラスが触れ合う音が聞こえる。

「クラーラでいいか」

「なんでもいい」

クラーラというのはスペインで昼間よく飲まれるビールカクテルだ。ビールをレモン風味の炭酸ジュースで割るので度数が低くなる。さっぱりしていて、暑い午後に飲むにはうってつけだ。

バルセロナの九月は七、八月の気候と大差ない。特に日中はまだまだ日差しがきつく暑い。

「一息入れたら、部屋の用意をしてやるよ」

「悪いな」

キッチンにいるマルコスは久禮と声だけで遣り取りする。

「二階にゲストルームが一部屋ある。ベッドはセミダブルなんだが、そこに二人で寝てもらうことになる」

「もちろん、それでいい」

久禮は武藤を一顧《いっこ》だにせず即答する。武藤も唇の端を上げて薄く笑みを浮かべただけだった。

「おまえら、本当は付き合ってんじゃないのか」

冷やかすような口振りで言いながら、マルコスがグラスを三つ載せたトレーを持って居間に入ってくる。

「好きに想像してくれ」

「相変わらず無愛想なやつだな」

「昔からこんな感じだったんですか、智宏」

マルコスが渡してくれたクラーラ入りのグラスを受け取りつつ、武藤は聞いてみた。横から避難するような、怒気に満ちた視線を感じたが、気づいていない振りをする。

「いや、初めて会った頃は全然違ったな」

「そこまでだ、マルコス」

久禮が怖い声で割って入る。

だそうだ、とマルコスは武藤に向けて肩を竦めてみせ、向かいの安楽椅子に腰掛けた。

久禮を本気で怒らせるとまずいのは武藤も承知している。調子に乗りすぎると後でどんな仕返しが待っているかしれない。武藤にしてみれば、女帝の部下たちの報復より、久禮の仕返しのほうがよほど恐ろしい。おまえとは二度と取り引きしないと宣告されたら、仕事に多大な影響を来《きた》すのは明らかだ。

喉が渇いていたというのは本当だったようで、マルコスはクラーラを一気に飲み干す。

久禮はグラスをテーブルに置いたまますぐには手を伸ばそうとせず、武藤は口を湿らす程度にしておいた。さっきタベルナでワインを飲んだばかりだし、クラーラも飲めなくはないが、どちらかと言えばビールは割らずに飲むほうが好きだ。

「飲まないのか」

マルコスが気にして久禮に聞く。

「ゆっくり楽しませてもらうよ」

「そうか。じゃあ俺は二階を見てくるから、おまえたちはしばらくここにいてくれ。俺ももう少ししたらちょっと出掛けなきゃならない」

「仕事か」

「野暮用さ。今日は非番だから、ララを迎えにいって夕方には戻る。ベニータも同じくらいに帰ってくるはずだ」

「危ない橋渡るのはもう大概にしておけよ」

「俺のところに逃げ込んできたおまえに言われちゃしまいだぜ」

マルコスは渋面になって言うと、空になったグラスをキッチンに下げに行き、そのまま階段を上がっていった。

「よかったな。頼れる先があって。警官の家なら心配ないね」

二人になっても、武藤は人畜無害な一般人を装い続ける。

久禮は「ああ」と短く同意する。

「安心したら眠くなってきた。きみは僕より疲れてるんじゃない？」

「店で襲われてからずっと逃げ回っていたからな」

「部屋の用意ができたら、少し休めば？」

「まだ日は高いが。一緒に寝るか」

べつに色めいた誘いなどではないとわかっていても、武藤は一瞬ドキッとした。

聞きようによっては意味深なセリフを吐いておきながら、久禮の表情は引き締まったままだ。

目の前のテーブルには、ほとんど減っていないクラーラのグラスが二つ置き去りにされ、滴《したた》り落ちた水滴で大理石の天板を濡らしている。

それからしばらく、互いに口を閉ざしたまま周囲に対する警戒を怠らずにいると、ゲストルームを用意しに行ったマルコスが二階から下りてきた。

客間に顔を覗かせ、テーブルの上のグラスを見て眉根を寄せたが、すぐに気を取り直した様子で「シーツとピローケースを新しいのと交換しておいた」と親指を立てる。

「ありがとう」

「階段上がって右奥がゲストルームだ。俺はそろそろ行くが、キッチンでもバスルームでも好きに使ってくれ。念のため、外には出るな」

「わかった。あんたも気をつけろよ」

「ば、馬鹿野郎っ。俺は曲がりなりにも警官だぞ」

マルコスは顔を真っ赤にして怒鳴ると、逃げるようにその場を去った。

玄関の方からバタンとドアを閉める音がする。

皺だらけのシャツと、くたびれたコットンパンツ、という格好のまま出ていったようだ。

フッ、と久禮が息を洩らし、前髪を無雑作に掻き上げる。

そのまま横を向いて武藤と目を合わせ、黙って頷く。

武藤も頷き返すと、だいぶ温くなったクラーラのグラスを両手に持ってキッチンに行く。

中身を流し、グラスはそのままシンクに置いて客間に戻る。

「やっぱり、眠いな」

久禮が言う。

「部屋で寝よう。おまえも来い」

「そうしよう。僕も、なんだかとても、瞼が重い」

武藤は欠伸《あくび》を噛み殺して、眠そうな声を出す。

二階に上がる前に武藤は玄関に寄り、鍵を閉めた。チェーンは掛けずにおく。

その間に久禮は先に二階の右奥の部屋に入っていた。

後からゲストルームに行った武藤は、ドアを後ろ手に閉めてサムロックを掛け、セミダブルベッドの端に座った久禮と顔を見合わせる。

「ここは問題ない」

久禮が低く抑えた声で言う。一通り室内を点検したようだ。

「そう。それは幸い」

武藤も静かに返し、ふわりと久禮に笑いかけた。

「じゃあ、寝る準備しようか」

＊

おそらく、マルコスは妻と娘を人質に取られ、脅されているのだろう。

久禮も武藤同様、最初に玄関で出迎えてくれたときからマルコスの態度や顔色に不審を覚え、その後の言動を注意深く見定めていたようだ。妻子のことに関しても武藤と同じ見解だった。

「家の中には争った形跡がない。朝パートに行く途中で娘と一緒に拉致されたんだ。白昼堂々路上で連れ去るのなんか朝飯前の連中なんだろう」

「たぶんね。しかし、本当に動きが速い。バルに来た二人組と、こっちで先手を打ったやつ、夜中の襲撃に失敗したあと二手かそれ以上に分かれて、きみを追い詰めようとするとは周到だ」

「マルコスとはもう何年も関わってなかったんだが、ここまで突き止められていたか。おそらくマルコスは夜勤明けで帰宅して、いつもどおりベッドに入っていたんだろう。そこにベニータとララを拉致した男たちが乗り込んできて、言うとおりにしろと脅す。俺に電話をして家に来させろ、そして引き留めておけ、そういうことだったんじゃないかと思う」

「クラーラに入れた睡眠薬と、観葉植物の葉陰に仕込んだ盗聴器もやつらの指示だったんだろうね。あそこに仕掛けられているって、マルコス知っているみたいだったし。寝たばっかりだったところを叩き起こされて妻子を人質に取られたってわかったら、そりゃひどい顔にもなるよ」

「俺のほうからマルコスに電話をかけたとき、マルコスは仰天《ぎょうてん》したような声を出した。ひょっとすると、あのとき傍に連中がいたのかもしれないな」

「それで電話ではよけいなことは喋らず、とにかくすぐ来い、だったのかもね」

武藤はそこでフフッと笑った。よけいな人間がくっついてきたと知ったときのマルコスの虚を衝かれた顔を思い出し、おかしくなったのだ。我ながら人が悪いと思う。

「僕こそ捜している狙撃手だってわかったら智宏を捕まえる必要はなくなって、一気に報復が叶うんだけど、よもや僕みたいなチャラチャラした男がそうだとは想像もしていないんだろうね」

「チャラチャラしているとまでは思わんが、予想と違うと驚く者が多いのは確かかもな」

久禮は大真面目な顔で淡々と言う。今まで見せてきた態度や振る舞いから、軽くてふざけた男だと呆れられているかと思っていたが、そうでもないようだ。ひょんなことから久禮の武藤に対する見方が知れて、今回の一件も悪いことばかりではない気がしてくる。己をどう見なされようとかまわない、というのはまごうことなき本心だが、それはそれとして、見かけに惑わされず本質を理解してくれる人には特別な感情が湧く。

「おまえは涼しい顔をして世界中を軽い足取りで飛び回っているのが似合いだ。そのうち今までしてきたことのツケは払わされることになるかもしれないが、できれば俺の目の届かないところでそうなってくれ」

「なにそれ。優しいのか冷たいのか、さっぱりわからないな」

「優しくはない」

身も蓋もなく久禮は一言《いちごん》のもとに否定する。

「俺は利己的なだけだ。おまえのことで寝覚めの悪い思いをしたくない。おまえは俺にとってトップクラスの顧客だし、付き合いもそこそこ長い」

「体の関係があることも少しは僕を意識する理由の一つ?」

前から一度、久禮はなぜ自分と寝るのか聞いてみたかった。

「どうだろうな……」

はぐらかしたわけではなく、自分自身本当によくわからなそうに考え込む。

「お互いただの肉欲解消相手——そういうことにしておくほうが、いいんじゃないか」

それは久禮の願望や理想であって、実際どうかというのとは別の話ではないかと思ったが、あまり深く追求すると抜き差しならなくなりそうで、武藤も「そうだね」の一言で退いた。

今まで他の誰と寝ようと、相手が自分をどう思っているかなど気にしたことはなかった。むしろ知りたくないと目や耳を塞いで束の間の快楽だけを愉《たの》しんでいたはずなのに、どうも久禮だけは勝手が違うようで武藤自身戸惑う。

「俺はおまえの腕は認めている。俺の手を介した品を、おまえほど華麗に使いこなしてみせてくれるやつを、他に知らない」

「なにそれ」

再び武藤は同じ言葉を口にし、苦笑する。

まるで愛の告白だ。咄嗟にそんな思考が頭を過《よぎ》ったが、とてもではないが恥ずかしくて喉から先に出せなかった。

「少なくとも、俺がおまえを今失いたくないと思っているのは事実だ」

この話はこれで終わりだ、と切り上げるように久禮は言い、カーテンを閉じた暗い部屋の中で腕に嵌《は》めたスマートウォッチにタッチし、時間を確かめる。

「マルコスが出ていって一時間経つ。居間での俺たちの会話を盗聴していたなら、二階でぐっすり寝入った頃合いだと踏んで、そろそろ来るぞ」

真っ昼間でも躊躇《ちゅうちょ》しない、それは武藤も同意見だ。

この辺一帯は新興の分譲住宅地で、夫婦共働きで一軒家を購入した子育て世代が多い。住宅以外何もないところで、昼間のほうが人が少なく、閑散とした印象だ。

「しかし、どこに逃げても手が回っているとなると、厄介だな」

「とりあえず急場を脱するのが先決だ。僕らがいなくなれば、連中もベニータとララを捕まえておく価値はなくなったと考えて解放するだろ。マルコスは叩けば山ほど埃《ほこり》が出る悪徳警官だから警察に訴えるわけにもいかず泣き寝入りで終わるんだろうけど、妻子が無事なら黙って何事もなかったように日常に戻るさ」

「俺も意外だったが、この家を見たら、マルコスが本当に大事にしているものがなんなのか、わかる気がした」

「これに懲りて性根を入れ替えれば、こっちは大団円って感じだけど、まぁ、でも、そう簡単には悪事をやめられないだろうな。この家のローンだってあるんだろうし」

「……おまえの口からそんな現実的な話が聞けるとは、意外だな」

「そうかなぁ」

そのとき、階下でガチャリと玄関の鍵を開ける音がした。

武藤の耳は絨毯《じゅうたん》に針が落ちる気配も拾うほど敏感だ。聴力のよさもさることながら、感覚が研ぎ澄まされていて、察するといったほうが正解に近いかもしれない。

侵入してきたのは四人だ。靴音でわかる。

マルコスは二人が睡眠薬入りのクラーラになかなか手を付けようとしなくて苛立っていたが、飲まなかったと連中に正直に言いはしない。そこは自分や家族の身に害が及ばぬよう小狡く立ち回るはずだ。

四人が揃って階段を上がってくる。それでいい。

ゲストルームにおびき寄せ、全員倒して脱出するのが久禮と武藤の計画だ。

気絶させておけば、マルコスが警察に通報して応援を呼び、家宅侵入罪で逮捕するだろう。そうすれば何日かは勾留されて身動きが取れなくなる。その間に安全圏に逃げて、そこから反撃のための行動に移る。

いつまでも逃げ回っているつもりはなかった。

連中が二階に来た。

この部屋のドアには内側からだけ鍵が掛かる。外から開けるには壊すしかない。

ドアを蹴破られたら、二人で飛びかかり、一人ずつまず倒す。

打ち合わせ通り、武藤はドアに向かって左、久禮は右に分かれて息を潜める。

レバーハンドルタイプのドアノブが動き、施錠されていて開かないとわかった途端《とたん》、男二人が一緒になってドアに体当たりしてくる。

木製のドアがバリバリッと破損し、金具が外れてビスが飛び、床に落ちて転がる音がする。

さらにもう一度、頑健な肩を二人合わせてぶつけてきた衝撃でドアがバーンと開く。

勢いのまま雪崩れ込んできたのは、いずれも縦も横もある体格のいい男たちで、腕っ節も強そうだ。一人はバルで見かけたうちの一人に間違いない。もう一人のスキンヘッドは知らない男だったが、どうやら久禮に遺恨でもあるらしく、久禮を見るなり「うおおおっ」と雄叫びを上げ、憤然と摑みかかっていった。

バルで見かけた大男も武藤など眼中にない様子で久禮のほうに行きかけたが、武藤が脚を伸ばして大男を引っ掛け、バランスを崩しかけたところを、細身の体格からはおそらく想像できないであろう力で腕を摑んで引き寄せ、腹に膝蹴りを喰らわせる。

間髪容《かんはつい》れず、背中を丸めて無防備に隙を作った後ろ首に手刀を見舞ってやると、大男は呆気なく床に倒れ伏した。

ほぼ同時に久禮もスキンヘッドを沈めていた。

睡眠薬を飲んで正体をなくしているはずだと思った相手に、不意打ちの先制攻撃を掛けられた二人は速攻で倒せたが、続けて入ってきた二人は最初からナイフを構えて襲いかかってきた。

ナイフを振り翳《かざ》す手首を摑み、腕を捻って締め上げる。

どんな男かなど見る余裕もなかったが、中肉中背だが全身筋肉の塊《かたまり》のように硬くて弾力のある、手強い相手だ。

一度躱《かわ》され、シャッとナイフで切りつけられた。

幸い髪を少し削っただけで皮膚は切られなかったが、反撃に出る隙がない。

銃は腰に差しているが、狭い部屋で大の男四人が入り乱れ、摑み合う状況の中で撃てば、久禮に当たる可能性もある。遠くのターゲットを計算し尽くした上で撃ち、一発必中を旨とする精密射撃とはまた違うスキルが必要だ。

久禮も二人目にはてこずっていた。

四人のうち最も体が大きく、岩のようだ。その上、運動能力の高い久禮とも張るほど敏捷《びんしょう》で、投げ飛ばされてもすっくと起き上がり、再び取っ組み合うといったふうで、なかなか決着がつかない。それでも、男がナイフを取り落とし、久禮が素早く蹴ってベッドの下に滑り込ませてからは、久禮のほうに少しだけ分がある感じだった。

武藤自身もそれ以上久禮を気にする余裕はなく、執拗にナイフを翳してくる男の攻撃を躱しながら、懐に入り込むチャンスを逃さぬよう神経を集中させ、ギリギリの防御を続けていた。

男が突如何もないところで足を滑らせた。一瞬、体勢が崩れる。まったく予測しておらず、これには本人は元より武藤もハッとした。

揺らぐ程度だったが、ナイフを持った腕が僅かにずれ、振り下ろす角度が変わる。

考えるより先に体が動いた。

男の腕を両手で摑んでグッと身を近づけ、関節を反対に曲げるように捻り、痺れた腕から力が抜けるまで締め上げる。

ゴトッと男がナイフを落とす。

武藤もそれをベッドの下に蹴りやった。

グワッと鬼のような形相《ぎょうそう》になった男が全身をぶつけるようにして武藤を押しのけようとする。

踏ん張り損ねて数歩後退り、カーテンが閉まった窓に背中を打ちつけられた。

弾みで遮光のドレープカーテンに隙間ができる。

眩《まぶ》しい午後の陽光が室内を一瞬明るくし、正面からまともに浴びた男が反射的に目を閉じる。

そこを逃さず、武藤は男の鳩尾を拳で突き上げた。

男が膝を折って前のめりになる。

巻き込まれないように武藤が素早く身を翻したため、男は頭から窓に突っ込んだ。

ドーンとガラスが衝撃に震え、ビシッとヒビが入る音がした。

とどめにこちらも首に手刀を叩き込むと、男は床に頽《くずお》れて動かなくなった。

武藤は息を荒らげたまま背後で取っ組み合う二人を振り返る。

揉み合う二人の間に割って入る余地はない。入っても邪魔になるだけだ。下手に背後から近づいて羽交い締めにしようとしても、強烈な肘打ちを喰らわされて弾き飛ばされるのがオチだろう。

想像がつくだけに武藤は動けなかった。

久禮も相当息を上げている。

素手での殴り合いは大男に分があるようだ。

しかし、ついに、久禮の繰り出す急所を狙った攻撃の積み重なりが大きなダメージと化したらしく、顎を膝で蹴り上げた一発が決め手となった。

ドウッと大男が仰向けに床にひっくり返る。

「やったか！」

思わず武藤は声を上げた。

久禮がこちらを向く。

次の瞬間、動きに合わせてふわりと浮いた髪の隙間から覗く目を、大きく瞠《みは》る。

えっ、と訝しんだ途端、飛び掛かってきた久禮に押し倒された。

同時に背後からバーンッと銃声が鳴る。

鼓膜が激しく震え、耳鳴りがした。

武藤に覆い被さって一緒に倒れ込んだ久禮が即座に立ち上がり、窓の下で意識を取り戻して拳銃を撃った男に跳び蹴りし、取り上げた拳銃のグリップの底で後頭部を殴る。

男は再び壁に凭《もた》れて気絶した。

呆然としていた武藤もようやく気を取り直し、久禮が左肩を撃たれ、パーカーに血が広がっているのを見て、息を呑んだ。

「智宏！」

「ああ。大丈夫だ。掠っただけだ」

久禮は慣れた様子でパーカーを脱ぎ、部屋にあったタオルで傷口を強く押さえる。

「そのままじっとしていろ」

武藤はリュックサックを開けて救急キットを出すと、両脚を投げ出して床に座らせた久禮に近づき、血だらけの右手を肩から下ろさせた。

タオルを外して、止血がほぼできていることを確かめ、包帯をきつめに巻く。

「確かに掠っているだけだが、結構抉《えぐ》られたな。……すまない。僕の不手際だ」

見るからに痛々しい傷を見て、武藤は己を殴りつけたい心境だった。

「平気だと言ったはずだ」

相当痛いはずだが久禮は顔には出さず、武藤を軽く押しのけて立ち上がる。

「それより、どうする。もうおまえはここから俺と別行動しろ」

「冗談じゃない」

今度ばかりは武藤も断固として突っぱねた。

「こうなる前から僕はここから先のことを考えていた」

「当てがあるのか」

「まぁね」

武藤は久禮の荷物の中から新しいシャツを取ってきて、血と埃と汗で汚れ綻《ほころ》びまくった服を着替えさせる。いくら黒い服でも、さすがにこのまま外に出られる状態ではなかった。武藤自身も着替える。

「パスポート持ってる？」

「ああ」

もう久禮は武藤に一人で行けとは言わず、どこに行こうとしているのかも聞いてこなかった。

「じゃあ、さっさと退散しよう。こいつらの仲間が何人いるのか知らないが、様子がおかしいと見に来られたら面倒だ」

「そうだな」

「途中で医者に診《み》てもらえるならいいんだけど、潜りの医者じゃないと警察に通報されそうだな。明らかに銃創だし」

「一人、秘密を守ってくれる医者に心当たりがある」

「よかった。まずはそこに寄って手当てをしてもらってからだ」

武藤の言葉に久禮は逆らわず、黙って従う態度を見せた。

荷物を持って外に出る。

閑静な住宅街は、何事もなかったかのごとく夕刻が近づきつつある空の下に家々が立ち並んでおり、振り返って見たマルコスの家も、その景色の一部でしかなかった。

2

世界的な観光都市として有名なヴェネツィアはラグーナの上に築かれた水の都だ。

そのラグーナの南端、ヴェネツィアからおよそ五十キロ先に、アドリア海沿岸では最大と言われる漁港の町キオッジャがある。

町はヴェネツィアと似た造りをしていて、運河に架かる橋などを見ると景色が似ていると感じるが、一番の違いは車両が走っていることだ。

キオッジャも観光客が訪れる町ではあるが、ヴェネツィアと比べると全然少なく、静かで素朴な印象だ。

バルセロナの旧市街で小さな診療所を開いている外科医を久禮と共に訪れ、思った以上に酷い怪我だった肩の傷を治療してもらったあと、夜のうちにヴェネツィアに着くよう飛行機に乗った。

一時間四十五分ほどの飛行の間、久禮は強い痛み止めを服用したせいか眠気に抗《あらが》えなかったようで、ほぼ寝ていた。

久禮の寝顔を見る機会はめったになく、これを弱っているとうっかり表現すると本人に嫌な顔をされそうだが、武藤は久禮のこんな姿を初めて見た気がして、悪くないと密《ひそ》かに堪能した。

その晩は、サンマルコ広場近くのホテルに部屋を取り、一泊した。

武藤はまた名前を変えて入国し、ここでは『狩屋三千人』と名乗っている。久禮は面倒くさがって、おい、とか、おまえ、としか呼ばない。

翌朝には機内での怪我人らしさは跡形もなく消えていて、いつもの無愛想でそっけない久禮らしさを取り戻しており、安心すると同時に残念でもあった。

女帝の部下たちは、世界のどこに逃げようと居場所を突き止めてまた襲撃してこないとも限らないし、その可能性は高いと思われたが、数日でも時間が稼げたら御の字だ。

「とりあえず、智宏の怪我は僕の責任だから、ある程度治るまで一緒にいさせてくれ」

武藤の言葉に久禮は「勝手にしろ」と投げ遣りに答え、武藤を追い払うつもりは当面なさそうだ。言っても聞かないのは想像に難くなく、むだな争いはしないに限る、疲れるだけだと割り切ったのかもしれない。

ホテルをチェックアウトして、いよいよキオッジャに向かう。

キオッジャまではヴァポレットとバスを乗り継ぎ、一時間半ほどで行ける。ヴァポレットとは水上バスのことだ。海と陸の景色を眺めながらのんびり移動し、正午前にはキオッジャの中心である旧市街の港に着いた。

「町はここと、橋で繋がったソットマリーナの二ヶ所だ。向こうは夏場海水浴場として賑《にぎ》わうらしい。そっちで二時に業者と会うことになってる」

久禮はいちいち詳しく聞こうとせず、武藤を信じて任せるという態度を一貫して示す。面倒がなくていい反面、少しも関心を持たれていないようでちょっと悔しくもある。武藤はもっと久禮のことを知りたいが、久禮はそうではないらしい。べつに特別な関係になりたいわけではないが、しばらく一緒に行動し、寝泊まりするのだから、もう少し興味を持ってくれてもよさそうなものだ。なまじ、狙撃手としての武藤には一目置いてくれているとはっきり聞いたあとだけに、プライベートでの徹底した無関心ぶりにがっかりする。

旧市街の中心を大通りが貫いていて、道の左右にずらっとカフェがテーブルを出している。魚介料理をメインにした店でランチを食べ、暑かったので冷えたシャンパンを飲む。

「傷は少しは痛まなくなった？」

「昨日の機内がピークで、今朝はだいぶマシだ」

こういうとき久禮は妙な意地を張らない。率直に怪我や痛みの状態を言葉にする。おかげで、痩せ我慢しているのではないんだなと思え、安心する。久禮なりの気の遣い方だろう。これがもし、相手が、か弱い女性や子供なら、また違う返事の仕方をする気がする。詰まるところ、武藤は久禮に対等な存在だと思われているわけだ。それは光栄な話で、武藤の自尊心を満たしてくれもした。

ソットマリーナの港に着いたのは約束の時間ちょうどだった。

「カリヤ」

先に来ていたビアッジョが岸壁から手を振る。

海風が心地よく吹きつけ、武藤の柔らかめの髪を絡ませて弄《もてあそ》ぶ。

一歩遅れてついてくる久禮も右手で黒髪を押さえて歩く。まだ左肩を動かすのは痛いようで、左腕は脇に垂らしたままだ。

ビアッジョの目の前に係留されているのは、全長九メートル弱、幅四メートル弱のボートだ。

欧米ではこの類いはボートと言うが、日本人の感覚では小型クルーザーと呼ぶほうがしっくりくるかもしれない。シャワーと洗面台付きのダブルベッドルームが二部屋と、リビングダイニングキッチンが一つに纏まったコンパクトな船で、もともとは武藤が気が向いたとき一人でクルージングする用に手に入れたものだ。船体の色は真っ白で、水平に紺のラインが一本入っている。すっきりとして品のある形が気に入り、年に一度乗るかどうかだと承知の上で購入に踏み切った。ちょうど、なんでもいいから大きな物を買いたい気分だったのだ。サーイの父親から請け負った仕事で破格の報酬を受け取ったときの話で、なんとも奇妙な巡り合わせと言うほかない。

「ビアッジョ、いろいろと便宜を図ってくれてありがとう。おかげで助かったよ」

武藤はビアッジョと握手し、あらためて世話になった礼を言う。

「なぁに。こっちでできる限りのことをしただけですよ」

「昨日、振り込んでおいたけど、確認した？」

「しましたよ。ありがとうございます」

久禮は武藤の傍らに静かに佇み、特に表情を変えることなく真新しいボートを眺めている。

「必要な手続きはこっちで代行しておきましたんで。後はいくつか書類にカリヤさんのサインをいただいたら引き渡し完了です」

船内も一通り点検した上で引き渡しになるので、皆で乗り込んだ。

どこもかしこも真新しく、ピカピカだ。新品の匂いがする。

壁やソファ、カウンター等もシックで落ち着いた雰囲気のデザインや素材が用いられており、内装も想像どおりの仕上がりだ。すべてこちらの指示通り、希望に沿ったものになっている。

リビングに据えられた一繋がりのコの字型ソファに三人で座り、センターテーブルを囲む。

そこで武藤はビアッジョが差し出す書類に次々とサインしていった。内容はあらかじめメールに添付して送ってもらっており、隅々まで確認済みだ。

必要な書類が全部揃っているか慎重にチェックして、ビアッジョがホッとしたように「こちらで大丈夫です」と太鼓判を押す。ファイルに挟んで鞄《かばん》に仕舞うと、エンジンキーを武藤に渡し、船から降りていった。

「ボートとはまた、予想の斜め上だったな」

ビアッジョがいる間はその場に黙って同席するだけだった久禮が、二人きりになって開口一番に言う。

「呆れた？」

「いや。おまえらしいという感想のほうがそれより先に立つ」

久禮にそんなふうに言われ、武藤はあまり納得がいかず、首を傾げた。

「そうかな。僕あんまり物を持たない主義だから、こんな大きな買い物はめったにしないけど」

武藤は家や別荘には興味がない。一ヶ所に長く留まらないので、どこの国に行ってもホテル住まいだ。唯一の例外はテキサス州に持っている牧場と屋敷だが、あれは、ライフルの調整や、試し撃ちをするために必要な、言わば仕事場だ。久禮にも以前、そこの話はしたことがある。どこで射撃訓練をしているのかと普通に疑問を抱いた様子だったので、久禮には隠し立てする必要もないと思い、正直に答えた。

「そういう意味ではなく、思い切りのよさと、金次第でしか仕事を受けないのに、肝心の金に固執しないところがだ」

「ああ、なるほど」

それは確かに久禮の言う通りかもしれない。

武藤のことなどろくに見ていないようでいて、意外と見てくれている。久禮とは黙っていても通ずる部分がある気がして、ときどきあっと思わされることがある。

「しばらくここで寝泊まりしながら、次の対策を練るつもりだ」

武藤はこれからのことを久禮と話した。

「智宏は第一に怪我を治すこと。あとはのんびり観光でもするといい。ボートの操縦ができるなら、この船動かしてもいいよ」

「小型船舶の操縦免許は持っている」

智宏はこともなげに言う。

「なら、せっかくだし、気が向いたら動かしてみてよ」

「気が向いたらな」

今のところまったく乗り気でなさそうだが、ひょっとすると肩が治ってきたら体を動かすことがしたくなるかもしれない。

「おまえは、どうするつもりだ」

「僕はインターネットその他を駆使して情報集めをしつつ、食事や観光も息抜きに楽しむ。市場で買ってきた魚をここのキッチンで捌《さば》いて料理するのもいいし、ときには町のレストランでプロの料理を食べるのもいい。基本は船内で寝起きするけど、たまにホテルの部屋に泊まるのも気分が変わっていいかもしれない。ともかくお互いしたいようにして過ごそう」

四六時中一緒に行動する必要もないと言うと、久禮は少し気が楽になったように表情を緩ませた。髪で目が隠れていても、そうした細やかな変化がわかるくらいには、武藤は久禮を理解している自負がある。一人が気楽で好きなのは武藤も同様だ。なので、久禮の気持ちは自分のことのように察せられる。久禮もけっして武藤が嫌いだとか苦手というわけではないのだと思う。ずっと一緒は疲れる、ただそれだけの話だ。

「情報ってのは、おまえを報復のために狙っている連中に関する情報か」

「このままじゃ終わらないのは目に見えているからね」

武藤はソファの背凭れに背中を預け、両腕を上げて思い切り伸びをしながら答える。

「連中のボスを僕が狙撃したのは五月。それからずっと残された部下たちが報復のために動いていたとすれば、今の段階で諦めるとは思えない。警察を抱き込んで弾丸から導き出せる情報を手に入れ、そこから使用したライフルを特定し、その入手経路を調べ、きみに辿り着くまで四ヶ月。四ヶ月が長いか短いかはさておき、執念のすごさは伝わる」

「よほどボスに心酔していたってことか」

「いろいろな柵《しがらみ》とか掟《おきて》とか、同業の別組織に対するアピールとか、示しとか、まぁ複雑に絡み合っているんじゃないかな。このまま依頼人と狙撃者を放っておけば自分たちのメンツにかかわり、裏社会でやっていけなくなるとかも、あるのかも」

「なら、仕方ないな」

久禮は低く呟《つぶや》くように言い、武藤の顔を見据えてくる。

「金や利権なんかで解決する余地があれば、交渉を持ちかける手もあると思ったが、その線はなさそうだな」

「ないね。連中とやり合っても、そんな感触はまったく受けなかった」

それには久禮も「確かに」と同意する。

「狙うのは命令を下しているやつか」

「今のトップは、シュー・オンソウと名乗っている、以前ナンバー2だった男だ。四十手前でホストみたいな雰囲気の、気障《きざ》な色男らしい。野心家で冷酷な性格だとも聞いている。今どこにいるのかわからないが、情報屋に依頼して、あちらのネットワークで捜してもらえば居場所の特定は可能のはずだ」

「ナンバー2を排除すれば、あとは自然消滅すると考えているのか」

「あの組織はとにかく元ボスがワンマンで、ナンバー3以下は太鼓持ちのご機嫌取り、ろくな人材がいなかったことからして間違いない。元ボスの利権を引き継いで、自分が次のボスだと周囲に認めさせようと躍起《やっき》になっているナンバー2までやられたら、蜘蛛の子を散らすように解散するだろう」

「次から次に送り込まれてくる下っ端を、その場その場で倒して逃げたところで、実際埒《らち》は明かないからな」

「ここからは僕が引き受ける。きみは抜けてくれ。これはどう考えても僕の問題であって、僕の領分だ。智宏は巻き込まれただけで、本来なんの関係もない」

武藤は久禮の顔を真っ向から見つめ返し、きっぱりと言ってのけた。

久禮はごちゃごちゃ言いはしなかった。

「……俺にできることは？」

下腹に響く、重厚かつ真摯《しんし》な声で一つだけ聞いてくる。

「あるとすれば、そのときの最適解になるライフルを用立ててくれること……くらいかな」

そう言ってから、武藤はふと思い出して気に掛ける。

「土産物店の秘密部屋、警察に発見されてないといいけどね」

「それなら大丈夫だ」

久禮はいささかも心配する素振りを窺わせない。

「誰かが無断で侵入したらセキュリティシステムが作動してスマートフォンに連絡が入るようにしてある。現時点でそれがないなら、警察は家宅捜査の際に地下への隠し扉を見つけられなかったということだ。警察には、俺は逃げて無事だったとすでに連絡している。怖いのでしばらく知人宅に世話になると言ったら、そのほうがいいと賛成された。このことは警察内部でも一部しか知らない話だ」

久禮は抜かりなくそちらの辻褄《つじつま》も合わせていたようだ。

「どうりでメディアがあれ以来騒がなくなったはずだ。普通だったら、行方不明の土産物店店主の生死を取り沙汰する記事が書かれてもおかしくないところなのに」

「警察がうまく押さえてくれて、助かった」

武藤にしても、どうなっているのか気になっていたので、聞けてよかった。

「そういうわけだから、智宏、数日よろしく」

あらたまって久禮に向けて手を差し出すと、久禮は気まずげに武藤の手を握ってきた。握手なんて今さら、と胸の中で思っているのが、指のぎこちない動きからひしひしと伝わってくる。

武藤は武藤で、久禮の長い指を見て、これが何度も自分の奥深くを弄《まさぐ》ったんだななどと、よけいなことを思い出し、じわじわと羞恥を込み上げさせて、久禮をまともに見られなくなっていた。

「べ、ベッドルーム、右側でも左側でも好きなほうを使って」

「左側でいい」

「わかった。僕は右側の部屋を使う」

話はだいたい終わった雰囲気だったので、二人して自室に引き揚げた。

今日のところは食材も何も買い置きしていないため、夕方から市場に買い出しに行ったついでに、レストランでディナーをとることになった。

新鮮な魚介類をふんだんに使った料理に舌鼓を打ち、満足して桟橋に係留したボートに帰る。

船室での一夜目は夢も見ずに熟睡できた。

＊

キオッジャはのんびり、ゆったり休暇を過ごすにはうってつけの場所だ。

武藤は船室のリビングで情報集めをするとき以外はこまめに外に出て、島内を散歩したり、自転車を買って漕ぎ回ったりするなど、気の向くままに毎日したいことをしていた。

バルセロナやヴェネツィアなどのように、旅程内では巡りきれない数の名所名跡から観光したいところを選ばなければいけない悩ましさもなければ、過密なスケジュールをなんとかこなさなければという忙しなさとも無縁だ。

岸壁の突端で一時間ずっと海を眺めているとか、通りすがりに見かけた教会に入ってみるとか、早起きして魚市場を覗いてみるとか、まさに行き当たりばったりに楽しんでいる。

久禮は久禮で、朝や夕方の気温が下がる頃に一時間ほどジョギングに出たり、自室のベッドに寝そべって読書をしたり、キッチンでコーヒーを丁寧にドリップして武藤にも振る舞ってくれたり、といった感じで好きにしているようだ。

ときどき、今なら色好い返事が聞けそうだと感じるときがあり、「ショッピングセンターまで買い物に行かないか」と誘ったり、外でランチしないかと聞いてみたりする。今のところ久禮から声をかけてくることはないが、武藤が誘うと断らず、人と一緒に何かするのがまんざら嫌でもないらしい。

夕焼けがとても綺麗だった散歩コースがあり、武藤はそこにも久禮を誘った。

船で寝泊まりしだして三日目のことだ。

涼しくなってきた海風に吹かれつつ、徐々に赤みを増していく空の下、海に向かって細く突き出たコンクリートの桟橋を、肩を並べてぶらぶらと歩く。

バルセロナで、ほんの数日前、銃やナイフを振り回す連中と殴り合い、ビルの屋上を飛び回り、騙し騙されの緊迫感に満ちた遣り取りをしていたなど、悪い夢でも見ていた気分だ。ことは別世界の出来事だったとしか思えない。と言いながら、この地を離れたらまた殺伐《さつばつ》とした己の日常が待っていることも重々わかっている。むしろ現実からかけ離れているのは、今この和《なご》やかに過ごしている時間のほうだ。だからこそ一刻一刻を大切にしたいと感じるのだろう。

「肩の怪我はどんな具合？　一時間以上走っていられるってことは、もうだいぶ治ってきた？」

久禮は毎晩シャワーを浴びたあと、自分で包帯を替えていて、武藤に怪我の状態を教えない。薬もきちんと服用しているようなので、武藤が口出しする理由はないのだが、傍にいるのに関知しないというのも薄情な気がする。

「ぼちぼちってところだ」

返事はするが、相変わらず口数が少なく、突《つ》っ慳貪《けんどん》で、この話題を引っ張っていいのかどうか躊躇う。とりつく島がないとはまさにこのことだ。しかし、武藤も久禮との付き合いが長くなるにつれ、無遠慮になることを覚えた。久禮のこの愛想のない喋り方は意味があってのものではなく、本人に悪気はかけらもないのだ。そう考えるようになってからは、言葉の裏を読もうとしなくなった。

「ならいいけど。きみの知り合いの潜りの外科医、腕はいいみたいだね。それでも傷は残ると言っていた」

「べつにそんなのはどうってことない」

久禮は本気でどうでもいいと思っているようだ。

「おまえが撃たれるよりマシだ。あのとき気づくのがコンマ何秒か遅ければ、確実におまえに当たっていた。……考えただけで嫌な汗が出る」

「智宏の口からそんな熱量を感じる言葉を聞くと、誤解しそうなんだけど」

「誤解？」

素で聞き返されて、武藤は「気にしないでくれ」とはぐらかす。そんなつもりは全然ない相手に、好きだと告白されているみたいだ、などとは、冗談でも言いたくない。

「こういう言い方が熱があるのかどうか知らないが、俺はまだおまえに死なれたくないんだ」

歩調を合わせてゆっくり桟橋の突端に向かいながら、久禮は自分でもよくわからない気持ちと向き合っているかのように訥々《とつとつ》とした口調になる。

風が髪を靡《なび》かせるので、主張しすぎない高さのスッとした鼻や、口元から顎にかけてのシャープなラインがはっきり見て取れる。

久禮の横顔を目の隅に入れるたびに、盗み見でもしているような気になるのだが、ときおり視線を向けるのをやめられない。久禮も気づいているに違いない。にもかかわらず文句を言ってこないのは、不快ではないからか。武藤は都合よく解釈することにした。

海の真っ只中に延びたコンクリートの桟橋を歩いているこの状況だからこそ、普段はしないような話をお互いする気になっている。この場だけの特別な雰囲気を武藤は感じていた。今ここでしている話は、たぶん後にも先にもすることはない。一秒一秒が、一言一言が、一挙手一投足が、何ものにも代え難く思える。この感覚は久禮も共有している気がする。

「僕も智宏に今死なれるのは嫌だな」

武藤が爽やかに言うと、久禮は顔を横に向けて武藤を見た。

「智宏は僕ほどではないにしても、やっぱり世間一般の認識からすると善良な一市民とは言い難いから、僕と一緒くたにして申し訳ないが、あんまりいい人生の閉じ方はできないと思うんだよね。明日撃たれて死んでも不思議はない。特に僕なんかは。でも、こんな僕にも、まだ死なないでくれって言ってくれる人がいるのかと思うと、こう……このへんが、グッとくるね」

このへん、と言いながら武藤は自分の心臓の上に手を当てた。

「同じ気持ちを智宏に返すよ」

「おまえと俺は、性格的には全然似てないと思っていたが、いざいなくなられると寂しくなりそうな予感がするのは一緒みたいだな」

「そうだねぇ」

突端が近づくに従い、どちらからともなく歩調を緩め、できるだけ長く歩いていようとする。

日はどんどん傾きつつある。

海と空に濃いオレンジの絵の具が溶け込んだようだ。

サッと筆で刷いたような雲が細く斜めに空を横切り、金色に光っている。

幅広の川を挟んだ向かいの陸からもここと同じように桟橋が延びていて、水平線に低く黒い凸凹の線を引いたようだ。焼けた空と、それを鏡面に映したような海の境に長々と横たわる。

どんなにゆっくり歩いても、桟橋には端がある。

立ち止まり、空を見上げ、武藤は目を細めた。

「落ちるなよ」

横に立った久禮が武藤の腰に腕を回してくる。

まったく他意のなさそうな無粋《ぶすい》な手に、武藤は苦笑いする。

「こういうの、僕じゃなかったら、たぶん誤解するよ」

「また誤解か」

「僕はしないけど」

久禮とはそういう関係ではない。それについてもお互い同意見なのは、聞くまでもなくわかっていた。

「オレンジと水色が溶け込んだあたりの色合いが綺麗だ」

武藤の腰を抱き寄せたまま、久禮が淡々とした声で言う。

「一昨日自転車を買ってすぐこの辺まで漕いできて、たまたま見て感動したんだけど、有名なビユースポットらしい。今日はたまたま他に誰も来ていないようだけど、一昨日は何組かいた」

おかげで久禮の手を払いのける理由がない。

武藤自身は、このままでいたいのか、居心地が悪いから離してほしいのか、本当のところどっちつかずの心境だ。どちらの気持ちも同じだけあって、体が動かなかった。

暗さを増していく海を眺めるうちに、ふと思い立つ。

「明日、もし何も予定がなければ、船をちょっと走らせてみないか」

もともとクルージングもするつもりだったが、島でまったりするのが心地よすぎて、退屈を感じることなく三日経ってしまい、このままでは海に出ずに休暇が終わりそうだ。

「せっかくボートを手に入れておきながら、ホテル代わりにするだけで一度も動かさないのももったいない。操縦は僕もできるし」

「俺はべつに予定なんて立てていないから、かまわないが」

「なら、そうしよう」

自然と弾んだ声が出て、武藤は気恥ずかしくなる。

ごまかすように空を見上げ、紺色の割合が想像以上に多くなっていることに軽く目を見開いた途端、久禮の顔が近づいてきて視界を遮られた。

えっ、と訝しんだのと同時に、柔らかな感触が唇に下りてくる。

温かく湿った粘膜が唇に触れてすぐに離れていく。

一瞬だったが、武藤は久禮の口が己の唇を塞いだとき、全身にビリッと電気を流されたような刺激を受け、もう少しで声を洩らすところだった。

「そろそろ戻ろう」

久禮は何事もなかったように武藤から離れ、桟橋を引き返す。

「いや、ちょっと。待てよ智宏」

武藤は慌てて追いつき、久禮の隣を歩き出す。

武藤が横に並ぶと久禮は来たときと同じゆっくりした歩き方になった。

キスのことは話題にしづらい雰囲気で、武藤も空気を読んで控えた。どのみち聞いたところで久禮の返事は「べつに意味はない」「なんとなく」以外想像できず、実際それが事実だろうから、無理して聞いても仕方なく思える。

夕焼けが始まって日が完全に暮れるまでは短い。

桟橋から陸に戻ったときにはすっかり暗くなっていた。

ボートに帰る道すがら、路地を覗くとちょっと入ったところに、趣味のいい店構えのレストランがあった。テラス席でワインやビールを飲みつつ食事をしている客の姿に食欲をそそられ、ここで食べて行くことになった。

ムール貝のスープとイカスミのリゾット、いずれも大盛りで提供される。

辛口の白ワインと相性抜群《ばつぐん》だ。バルセロナからこっち、毎日どこかしらでワインを飲んでいる気がする。

「情報のほうは集まりそうなのか」

久禮に聞かれ、武藤は「ぼちぼち」とだけ答えた。

毎日顔を合わせるたびに久禮がこの件を気にかけているのは察していたが、口に出して聞いてきたのは初めてだ。ここからは武藤の領分だとはっきり言い、首を突っ込むなと牽制《けんせい》したが、やはり進捗《しんちょく》は気になるらしい。

口数が少ないのは久禮の専売特許ではないよ、とうっすら笑ってやると、久禮はムッとして唇を不服そうに歪めた。

久禮が本気で武藤を心配しているのがわかり、武藤は少し自分の態度を反省した。

「俺の腕、信用してないわけじゃないよね?」

「それよりメンタルのほうが気にかかる」

ムスッとしたままの久禮は真剣そのものだった。

「メンタルにしても心配されるほど柔じゃないつもりだけど」

「おまえ、初めてじゃないのか」

「……何が?」

咄嗟に意味がわからず、武藤は虚を衝かれて久禮をまじまじと見る。

「今までは依頼人から請け負った仕事をこなしてきただけだろう。今度はそうじゃない」

「ああ、そういうことか」

ようやく武藤も腑《ふ》に落ちた。

「確かに僕は、この仕事を始めて、私怨や私情で撃ったことはないな。あえて今はそのことを考えないようにしているかもしれない」

「最後まで考えずにすむのなら、それはそれでいいと思う。だが、たぶんおまえはそこまで冷徹に割り切れる性格じゃない気がする」

「心に留めておくよ」

うやむやにするつもりではなく、今はまだ答えが出せないのだ。大丈夫かどうかはギリギリまで武藤にもわからない。

「念入りに調べて、準備をして、一度きりのチャンスを待って、指をそっと動かす」

武藤は静かな口調で続けた。

「僕がするのはこれだけだ。一つでも不具合が起きたり、条件が合わなくなったり、自分の体調が悪かったりしたら、無理はしないで次の機会を待つ。このルールは常に自分に課している。僕の流儀だよ」

穏やかだが確固とした意志を込めて言う。

「万一、引き金を引く前に指が僅かでも震えたら、中止する」

久禮はしばらく武藤を見据え続け、おもむろにフッと息を洩らした。

「守れよ」

「僕だって自分の身が可愛いからね。守るよ」

武藤が約束すると、久禮の肩が僅かに下がる。体から強張りが抜け、どうやら納得したようだとわかる。左肩の状態も問題ないように見え、武藤は武藤でそっちに安堵した。

明らかに空気が緩む。

さっきは言葉にしなかったことが今ならできる気がして、武藤はさらっと聞いてみた。

「なんでキスしたの、さっき」

久禮は驚いたように顔を上げ、ムール貝から手を離す。

「いきなり、なんだ」

「いや。今ふと、聞きそびれていたなと思い出して」

武藤は悪びれず、にこやかに微笑む。

久禮の虚を衝かれた顔を見られただけで満足だ。返事はどうせ想像どおりだろう。

「したいと思ったからだ」

久禮はにこりともせずに言うと、予想が外れて目を瞠った武藤には一瞥もくれず、再びムール貝に手をつけた。

＊

キオッジャでの休暇は、六日目の朝届いたメールで、終わりを告げることになった。

「久禮」

まだ朝四時だったので、さすがに寝ているだろうと思って遠慮がちにノックする。メモを残して、会わずに発《た》つことも考えたが、できれば直接顔を合わせて挨拶《あいさつ》してから行きたかった。

ほとんど待たされずにドアが開く。

久禮はいつも通り上下黒で固めた姿で、髪にも櫛が入っており、寝起きという感じではなかった。なんとなく今日あたりではないかと予感していたようだ。早すぎる時間に驚くでもなく、すべて承知した顔をしていた。

「行くのか」

「ああ。シューの居場所がわかった。見失わないうちに捕捉する」

「向こうも躍起になっておまえを捜しているぞ。俺のことはひとまず諦めたようだが、過去におまえがやった仕事を調べ上げ、接触した形跡のある人間を突き止めて話を聞いて回っている」

「らしいね。そんなことをしても無駄だと思うけど。でも、油断はしないよ」

「そうしてくれ」

「智宏はどうする？　この船は好きに使ってくれてかまわないけど。バルセロナに帰るのはもう少し待ったほうがいい」

「そうだな」

久禮は素直に同意して、いったん寝室に引っ込む。

ドアは開けたままなので、部屋の外に立っている武藤からも、きちんとメイクされたベッドの上に布製のバッグが置いてあるのが見て取れた。いつでも荷物を持って船を降りていけるよう、常から準備していたらしい。

バッグを右肩に担ぎ、久禮は寝室を出ると、ドアを閉めた。

「ヴェネツィアに行くんなら、俺もそこまで一緒させてくれ。俺はしばらくローマにいる」

「ローマに知り合いでもいるのか」

「商売相手だ」

久禮はそれ以上は言わず、武藤も聞かずにおいた。

「船はここに置いていくのか」

「管理はビアッジョに頼んでいる」

タラップを下りて岸壁に出る。

外はまだ真っ暗だ。

キオッジャに来たときは、島から島へヴァポレットとバスを乗り継いできたが、ヴェネツィアへは乗り換えなしのバス一本で行く。午前五時過ぎに一日一便だけヴェネツィア行きが出ており、それがちょうどよかった。バスだと三時間十分ほどかかるが、空港から乗る国際便の時間的にも問題ない。

バスの車内では通路を挟んで横並びに一人ずつ座り、会話はしなかった。

べつにこれが最後の機会になるわけではないという確信に満ちた予感があって、ヴェネツィアで空港行きのバスに乗り換えてからも必要最低限の言葉を交わしただけだ。そして、いよいよ空港でそれぞれの搭乗口に行くときには、「じゃあ」とだけ言って、握手もせずに別れた。

武藤は少しだけ久禮の背中を見送ったが、すぐに自分も反対側に歩きだし、搭乗待合室に向かった。

武藤の最終目的地は香港《ホンコン》──シュー・オンソウは昨晩、九龍《カウロン》にある高級ホテルにチェックインしたことがわかっている。滞在期間は一週間。この間に香港の裏社会に顔が利く、とある大物政治家と親交を深めるのが目的らしく、中三日間はゴルフやディナーの予定がみっしり入っているそうだ。

情報屋からその予定表も入手している。シューのパソコンをハッキングして得たものだ。

狙う場所とタイミングはこれから決めることになる。

久禮の心配が現実のものにならないよう、今回は狙撃そのもの以上に精神を安定させ続けることが重要になりそうだ。

「まぁ、なんとかなるだろう」

ヴェネツィアからまずアムステルダムに行き、乗り換えて香港に入る。

到着は現地時間で明日の午後三時頃の予定だ。

シューは、今日と明日の二日間は側近を連れてレストランやゴルフ場の下見をするらしい。明後日からは大物政治家と一緒だ。そして、最後の一日は今のところ何も予定を入れていない。愛人と過ごすつもりではないかと情報屋は言っていた。

武藤の中でこちらの取るべき行動が固まりつつある。

そろそろ搭乗開始時刻だ。

武藤は膝の上で開いていた極薄のノートパソコンの電源を落とした。

デスクトップの壁紙は、船でラグーナに繰り出したとき撮った写真だ。

久禮は操縦も上手だった。

次はいつになるかわからないが、きっとまた何かしら会わなくてはいけない用ができるに違いない。久禮とはおそらくそういう縁だ。

その頃には久禮の肩もほぼ完治しているはずなので、傷を見せろと言って押し倒してやろう。

武藤は楽しみができたとほくそ笑み、ビジネスクラス客用の専用ゲートを通って機内に乗り込んだ。

3

引き金を絞るときは、僅かも迷いがあってはいけない。

座射で銃を構え、スコープを覗いて標的に照準を定める際、シュー・オンソウと目が合った。

むろんシューからは四百メートル離れたビルの二十六階にいる武藤が見えるはずもなく、実際に視線を向けた先にいた愛人と、レンズで一瞬にして距離を縮めた武藤の位置が偶然重なっただけのことだ。

武藤はいささかも動揺しなかった。

もしかすると今回のターゲットには、個人的な負の感情を抱くかもしれないと少なからず危惧していたが、自分でも意外なくらい冷静で、平常心を保てている。

相手の人間性や言動、思想といったよけいな情報はあえてインプットしないまま、訓練用の標的を撃つのと変わらない感覚で向き合ってきた他のターゲットと同様に、シューにも何も感じない。心に波風は立たず、それを確かめられたとき、失敗しないと確信した。

引き金に掛けた人差し指を、そっと静かに親指のほうに動かす。そこから弾が銃身から飛び出して弾道を描き、狙いどおりターゲットに命中する。リアルな狙撃のイメージが頭に生々しく流れ込んでくる。

あとは慎重にタイミングを計るだけだ。

シューは香港で今注目を浴びている若い美人女優とホテルの部屋にいる。

二十五階からの夜景は見応えがある。

武藤も四百メートル離れたビルの二十六階から、向きは違えども同じ場所を見ている。

愛人と二人でシャンパンを飲みながら甘い囁きを交わすのに、カーテンやロールスクリーンを閉めたままにしておく人間はまずいない。

それに比べたら、武藤はストイックなものだ。

こちらは一人で高層マンションのベランダに座り込んでいる。閉ざされた窓ガラスの向こうに見えるのは、ガランとした暗い空き部屋だ。

二十六階に誰も入居していない部屋があると知り、昼間武藤は、そこを内覧したいと不動産会社に頼み、担当者と一緒に訪れた。ベランダの向きも申し分なく、シッティングで狙撃するには高さもちょうどよかった。部屋の説明を一生懸命してくれている担当者に気づかれないよう、鍵をちょっと失敬して粘土に押しつけ、型を取らせてもらった。それを知り合いの偽造屋に持ち込み、合鍵を作らせ、夜に再びやって来た。偽造屋のような知り合いは、主要都市なら一人か二人はいる。金さえ払えば秘密厳守で大概のことはやってくれる腕利きたちだ。

昨日までの三日間、裏社会と繋がりのある酷薄《こくはく》な政治家に顎で使われ、一分一秒たりとも気が抜けずに神経が休まる暇もなかったであろうシューにとって、愛人とホテルでいちゃついている今は、気遣いも注意力も警戒心も必要ない蜜の時間だ。困難な仕事を見事にやり遂げたと満悦し、見返りを期待して浮かれきっているのが、自信満々な得意顔からわかる。

浅はかな男だ。いいように利用されているだけとも知らず。

遅かれ早かれ放っておいても失脚し、最悪、重しを付けて海に沈められて終わる気がしないでもないが、武藤はやはり自分の手で落とし前をつけさせてもらうと決めた。

狙撃手の正体がわからない、居場所が掴めない、だが使用された銃の闇流通経路はわかった。そこから久禮の存在に辿り着き、久禮を襲い、執拗に追い回した挙げ句、肩に消えない傷を負わせた。それが武藤には許せない。

久禮は武藤を一言も責めなかった。だから、なおさら武藤は自分を責めずにはいられない。

今後二度と久禮を巻き込むような報復をさせないため、先手を打つ。

武藤の決意は、シューに狙いを定めた瞬間にも揺らがなかった。

尻をしっかり地面に着け、軽く膝を曲げて足首を交差させ、右肘は膝の上に載せる。

この座射の体勢でライフルを構え、安定させる。

狙撃で大切なのは、どれだけライフルを微動させずに構えているかだ。

ライフルは自分の体の一部、腕の延長だと考えなくてはいけない。

呼吸も完全に制御する。

これがどんなときにでも反射的にできるかどうかは、どれだけ訓練して体に叩き込んでいるかによる。

伊達《だて》に五年間傭兵をやっていない。

あの過酷な訓練に耐えられたことは、以降ずっと武藤の心の支えだ。

自然な呼吸を心掛け、リラックスした状態で止める。

ターゲットはレティクルの中心に収まっている。

武藤は無心で、引き金を淀みなく絞るように引いた。

弾が銃口から飛び出し、反動が腕に来る。

スコープの中で愛人に甘えた顔を見せていた優男の姿が消えた。

少しずらすと、ソファの前のセンターテーブルに突っ伏して動かなくなったバスローブ姿の男が見える。傍らで愛人が髪を振り乱し、何事か喚《わめ》いている。

武藤はライフルを下ろし、フウッと深く息を吐く。

たばこは習慣的には吸わないのだが、ふとしたときに吸いたくなることがある。今もまた、なんとなく、たばこが欲しいなと思った。

＊

テキサス州バンデラに武藤が所有する牧場までレンタカーを走らせていると、スマートフォンに電話がかかってきた。

長閑《のどか》な田舎の一本道で、前にも後ろにも車は走っていない。

武藤は右手でステアリングを持ち、左手でスマートフォンを取った。

「もしもし、サーイ？」

『啓吾。今ちょっと話せますか』

「運転中だけど、少しならいいよ」

ここまで人も車もいないと、ながら運転をしても平気な気はするが、いちおう断りを入れておく。サーイは恐縮し、手短に用件だけ、と前置きして話しだす。

『一昨日、女帝の腹心の部下だった徐音繰《シューオンソウ》が、香港のホテルに滞在中、狙撃されて亡くなった事件、ご存知ですか』

「ニュースでやってたね」

武藤は空惚けた。サーイは武藤の仕業《しわざ》だと察した上で電話してきたに違いなかったが、聞かれても答える気はなかった。

『これで一件落着しましたね』

サーイは武藤のスタンスを知りたかっただけらしく、無粋に追及してくるようなまねはせず、素知らぬ振りで話を続ける。対応がスマートで、そつがない。武藤は口元を綻ばせた。

『徐の命令で報復のために動いていた部下たちは、次々と組織を抜けているようです。バルセロナにいた四人も昨日までに全員バラバラに出国しました。マカオのカジノホテルの不正営業にも捜査のメスが入ることになりそうですし、女帝が築き上げた帝国は崩壊するでしょう。啓吾のお友達もお店に戻って営業再開させられますね』

「よかったよ」

舗装されていない道を、ランドクルーザーのタイヤにジャリジャリ砂土を噛ませて走りながらのんびりした相槌を打つ。

『私からも、徐を撃ってくれたスナイパーさんにお礼を言いたい気持ちです』

サーイの口調が微妙に変わった気がして、武藤は「うん？」と先を促した。

『徐はまず私を疑ったんです。もともと、私が女帝に可愛がられているのが気に入らなかったみたいで、前から嫌われていて、ここぞとばかりに責める口実にして。葬儀のあとホテルの一室に監禁されて、おまえが手引きしたんじゃないのかと、言葉にするのも憚られるほど屈辱的な目に遭わされました。もちろん、誤解ですと否定し通しましたけど』

「それは知らなかった」

サーイはてっきり父親の許で安全なのかと思っていたが、シューに呼び出されて酷い仕打ちをされていたのだとすれば、今回の一件には別の構図があったのかもしれない。

武藤は背後から冷や水を浴びせられたような心地になり、鳥肌が立った。

裏切られたとか騙されたとまでは言わずとも、どうやら武藤も、まんまと利用された疑いが出てきた。

最初に会ったときよりぐんと妖艶さを増したサーイの綺麗な顔が脳裡に浮かぶ。電話の声だけ聞いていると、涼しげで爽やかな印象だが、ルージュを引いた艶やかな唇は扇情的《せんじょうてき》にカーブしている気がしてゾクリとする。

嫌いではないが、深入りはしたくない。

マカオで再会したとき武藤は漠然《ばくぜん》とそう思ったのだが、どうやらその勘は正しかったらしい。

ともあれ、速度を落とさず運転を続けつつ、サーイの話を聞く。

『父が女帝に私を紹介したときから、彼女、私を人形みたいだと喜んで、それまでツバメにしていたホスト崩れの徐を遠ざけて、代わりに私を何度も呼びつけて傍に置きたがったんです。徐は徐で香港に若くて綺麗な愛人を持っていて、今回徐と一緒にいた女性ですけど、彼女が女優として成功するよう裏から手を回してやるくらい入れ込んでいたから、女帝にはもちろん打算で取り入ったんですけど』

「きみもシューに報復したかった？」

『そう……ですね。でも、自分では何もできないので、泣き寝入りするしかなくて』

しおらしい言葉を武藤は額面どおりには受け取らなかったが、そんなことは思ってもいないように、「辛かったんだね」と親身な態度をとる。内心では、それで僕を駆り出したわけか、と苦い気持ちだった。もしかすると、シューに久禮の存在を教えたのは、サーイかもしれない。さすがにそこまで疑いたくはなかったが、そう考えたほうがしっくりくるのは否めない。久禮もプロだ。そうそう簡単に裏の商売を突き止められるはずがないのだ。本来は。

徐々にどす黒いものが武藤の心に広がってきて、今にも引きずられ、呑み込まれそうになる。

武藤はそれをあらん限りの理性で抑えつけ、平静を保ち続けた。

親しさを感じさせる優しい声を出す。

「僕に、相談してくれたらよかったのに。きみとは知らない仲じゃないし、僕はビジネスだ。喜んで依頼を引き受けたよ」

『はい。でも、私はそもそも父の人形なんです。自分の意思で自由にできるお金なんてたかが知れています。啓吾が安くないことは、女帝の件を父が依頼したときわかりました』

サーイは鈴が鳴るような耳に心地いい声で、武藤の神経に爪を立てる。

「あれは破格の報酬だよ。本当に、もっと早く相談してほしかったな」

武藤は心の底からそう思い、一瞬だけ目を閉じる。

『もしまた同じようなことがあれば、そのときは』

「そうだね。僕も忘れずに覚えている」

『啓吾、今どこですか』

今すぐ会いたいと言い出しそうな声でサーイが聞いてくる。

「さぁ。どこだろうね」

武藤ははぐらかした。

牧場の入り口が百メートルほど先に見えている。

「もう切るよ。そっちは今まだ午前四時だろう。寝直すといい」

武藤は、頑丈な鉄柵の、両開きの門の手前で車を停めた。

牧童として雇っているアレックスは昨日から一週間休暇を取っていて不在だ。おそらく本職のほうから呼び出しがかかったのだろう。こちらはこちらで、実はFBIの捜査官だったとわかり、ちょっと頭を悩ませている。今のところ向こうの出方を待つ形で、気づいていない振りをしている。どうも逮捕が目的というわけではないらしく、真意が摑めないのだ。

ともあれ、門は武藤が自分で開けなくてはいけなかった。

『わかりました。おやすみなさい、啓吾』

少し間を置いてサーイが聞き分けよく引き下がる。

「おやすみ、サーイ」

咄嗟に気を変えておやすみと返したが、さよならの言葉が喉元まで出かけていた。

だが、今はまだへたに刺激しないほうがいいと冷静になった。

通話を切り、車を降りて、大きくて重い鉄の門を開ける。

エンジンを掛けっぱなしにしていた車に再び乗り込もうとしたとき、後方から車が近づいてくるのが見えた。

やっとこの道を他の車が通っていくのか、と何気なく視線を向けたままにしていると、どういうわけか、その黒い乗用車はスピードを落としだした。

明らかにここで停まろうとしている。

道でも聞かれるのかと思い、武藤は外に立ったまま待つことにした。

近づくにつれ、運転している人の顔が見分けられるようになる。

「え……っ」

武藤は思わず声を出していた。

黒のSUV車が、武藤の車の後ろに停まる。こちらもレンタカーだ。

ドアを開けて降りてきたのは、久禮智宏だった。

*

十数万平米という広い敷地の中にあるアーリーアメリカン様式の屋敷に、武藤は久禮を招き入れた。ベッドルームが四つある豪邸で、急な来客があっても慌てる必要はなかったが、それにしても意外で、武藤はまだちょっと信じ難い気分だった。

「僕が今日ここにいるって、よくわかったね」

「なんとなく、おまえはヨーロッパやアジアではなく、アメリカに行く気がした」

久禮は訥々とした口調で、武藤の心境を鋭く言い当てる。まさにそのとおりだった。シューを撃ったあと、しばらくベランダに座っていたとき、テキサスに土と草の匂いを嗅ぎに行きたくなった。

数日前、アレックスから休暇願のメールが来ていて、今行けば一人だというのも武藤の背中を押した。アレックスのことは好きだが、セックスの誘いを断るたびに心苦しく、最近はそれが負担になっている。なまじいい男なだけに、武藤もじゃけんにしづらいのだ。不在なら悩む必要がない。

「香港からの搭乗便を調べたら、乗客名簿に『タナカリュウジ』の記載があった」

「智宏、ハッキングもできたのか」

「嗜《たしな》む程度だ」

それにしても、一通りなんでもこなせてすごい。一匹狼で仕事をするなら、このくらいでないと生き残れないのも事実で、そこは武藤も似たり寄ったりではある。

階段を上って久禮を二階に案内しながら、武藤は簡単に間取りを説明した。

四部屋あるうちの一つは武藤が滞在するたびに使用する部屋だ。残り三部屋から好きなのを選んで、と言うと、久禮は西日が差し込み、室内をオレンジ色に染めている部屋を取った。なんとなくキオッジャで見た黄昏時《たそがれどき》の空と海を思い出し、久禮が選んだ理由もそれかなと想像する。

「食事は？」

「機内で食べたのがまだ腹に溜まっている」

「僕もだな」

久禮はボストンバッグ一つという身軽さで、ローマから九時間半かけてニューヨークに着いたらしい。武藤は香港からニューヨークに飛んだので、十五時間半かかった。久禮のほうが遅れて出発したとしてもフライト時間に六時間も差がある。ニューヨークからテキサス州のサンアントニオ空港行きに乗り継いだ時点で追いつかれていても不思議はない。

とりあえずシャワーを浴びて汗と埃を流し、一休みしよう、ということになった。

各部屋に、アンティークなバスタブとトイレ、ガラスで囲まれたシャワーブースがコンパクトに纏まった浴室が付いている。

武藤は自分の部屋でさっそくシャワーを浴びだした。

突然の訪れには驚いたが、久禮とこんなに早くまた会えて武藤は嬉しかった。

久禮のほうから武藤に会いに来るなど、天と地がひっくり返ったのではないかと疑いたくなるような出来事だ。

香港での仕事を片づけたと知って、本当に大丈夫なのか心配し、様子を見に来てくれたのだろう。そんなに柔じゃないと言ってやりたくなる一方、いつも淡々としている久禮の情の深さをまざまざと感じ、胸が熱くなる。

シャワーを浴びながら、鼓動を速めだした胸板にシャボンを付けた手のひらを滑らせ、静まれと自分を宥《なだ》める。

アレックスとはもう寝る気にならないのに、久禮が同じ屋根の下にいて、こうして同じように裸になってシャワーを浴びているところを想像すると、それだけで下腹部に血が集まってくる。

「くそ……。溜まってるな……これは」

軽く握って一、二度上下に擦ると、みるみるうちに芯が通って硬くなり、嵩《かさ》を増す。

出さずにはおさまりそうになく、そのまま手を動かし続けた。

「……っ、……ふ、う……っ。ふっ」

久しぶりに味わう悦楽に、脳髄が痺れ、体の奥に突き上げられるような快感が生じる。

熱くなった体にシャワーの水滴が当たるのも全身を愛撫されている感じで、乱れた声が口を衝いて出る。

股間を扱《しご》いて性感を高めつつ、もう一方の手を胸板に這わせ、敏感な突起を指の腹で潰したり抓《つね》ったりして刺激する。

「あっ……あ、あっ」

下腹部に官能の波が押し寄せ、ビクビクと腰が動く。

悦楽のうねりに身を委《ゆだ》ね、張り詰めた陰茎を擦り立て、一気に高みを目指す。

あとはもう超えるしかない。

乱れた呼吸を繰り返していた口から自分のものとは思えない嬌声《きょうせい》が迸《ほとばし》る。

「ああぁ……っ！　あ、あっ、イクッ」

「は……っ、はっ、はっ、あ……！」

猛烈な愉悦と共に解放される。

どろりとした、生温かい精液が飛び出し、タイルを汚す。

腰を持っていかれそうな法悦に立っていられなくなり、よろめいてガラスに肩をぶつけた。

はっ、はっ、となおも艶めかしい息を小刻みに吐きながら、白濁に濡れた手を見下ろす。

昇り詰めている最中、武藤は久禮とのセックスで受けた愛撫、快感を思い出し、それを再現するかのように手を動かしていた。

欲望を吐き出して理性が戻ってくると、羞恥がじわじわ湧いてくる。

久禮には絶対知られたくない。

そう思って唇を噛んだとき、廊下から部屋のドアをノックする音がした。

急いでシャワーを浴び直す。

バスローブを羽織って頭にタオルを被り、浴室を出るまでせいぜい二分ほどだった。

久禮はドアのすぐ傍の壁に背中を預けて立ったまま待っていた。

ルームウエアに着替えて、Ｔシャツとスウェットパンツ姿になっている。髪も洗って乾かしてなのがわかる。

「どうかした？　部屋にどこか不具合でもあった？」

濡れた髪をタオルで叩くようにして水気を取りながら、武藤は久禮に近づいた。

久禮がやおら壁から背中を離し、腕を伸ばしてくる。

えっ、と目を瞠ったときには、抱き寄せられて、口を塞がれていた。

圧倒的な力で、骨が軋むほど強く抱き竦められ、熱く湿った唇を荒々しく押しつけられる。

自慰をしたばかりで、その昂奮もまだ冷めきっていない淫らな肉体に、あっという間に再び火がつく。

がっつくような余裕のなさで久禮は武藤の口を吸ってきた。

繰り返し啄《ついば》まれ、舐め回され、息をする間もなく翻弄される。

喘ぐように開いた唇の隙間から濡れた舌が潜り込んできて、唾液が溜まった口腔《こうこう》をくまなくまさぐり、蹂躙《じゅうりん》された。

絡めた舌を、痺れるほどきつく吸引され、啜られた唾液の代わりに、久禮が流し込んできた唾液を飲まされる。

あまりの淫靡《いんび》さに脳髄がクラクラしてきて、膝を折ってしまいそうになる。

久禮はようやくキスをやめ、武藤の体を抱き支えた。そのままベッドに連れていかれる。

カバーを剝《は》いで布団を捲ると、アレックスが休暇に入る前に交換しておいてくれたシーツが現れる。久禮はバスローブを着たままの武藤をそこに押し倒し、体重をかけてのし掛かってきた。

真上からひたと見据えられ、武藤の心臓は壊れそうなほど脈打ちだす。

腰紐を解き、バスローブを完全に開いて肩まで剝き出させ、袖だけかろうじて通したままの姿でシーツに押さえつけられる。

乱暴にされているわけでもないのに、被虐的な気分になって、ゾクリとした。

武藤はべつにそういう性癖ではないが、久禮にならば何をされてもいい気持ちになることがこれまでにもあった。久禮とは体の相性がよく、セックスは会話以上にお互いの理解を深める手段だと思っているが、情のようなものも育《はぐく》まれているのかもしれない。どちらもそれは認めないし、話題にすらしないが、なんとなく今、武藤はそれを感じていた。

久禮の視線が胸の突起に向けられる。

ハッとして武藤は身を捩《よじ》りかけた。

それより早く久禮に肩を押さえられてかなわず、羞恥に頰を火照《ほて》らせ顔を横に向ける。

「さっき自分でしたのか」

「……聞かないでくれるかな」

充血して膨《ふく》らみ、物欲しげにツンと突き出た様子を見られたら、ごまかしようもない。

久禮はフッと口元を緩めて薄く笑うと、武藤の太腿の上に重しを掛けるように座り、Tシャツを脱ぐ。

見事な筋肉質の引き締まった上体が露になる。

いつ見ても惚れ惚れして溜息が出る体だ。惜しげもなく晒され、欲情を煽られる。

だが、今回ばかりは色めいたことだけではすまず、武藤は久禮の左肩に付いた痛々しい傷に目を奪われ、グッと唇を噛み締めた。

「智宏を巻き込んだのは、やはり僕のせいだったようだよ」

する前に謝っておきたくて、武藤は無粋を承知で言った。

「まだ何か終わっていないことがあるのか」

「僕が事を荒立てなければ、終わったことになるのかな」

「荒立てたいのか」

「うーん……当分それは考えない」

武藤は返事をするまでゆらゆらさせていた気持ちを、久禮に聞かれて答えるとき、ようやくビシッと固めた。

「だったら、今から俺とする間は、気持ちよくなることだけ考えていろ」

久禮は男の色香に溢《あふ》れた声でちょっと傲慢《ごうまん》なセリフを吐く。

下腹をズンと突き上げられるような感覚に見舞われ、武藤はこくりと喉を鳴らす。

体の芯が疼きだし、たまらず身震いした。

久禮の唇や手、指が、武藤の全身を這い回る。

撫でられ、啄まれ、摘《つま》まれ、磨り潰すように弄《いじ》られる。

口や舌を滑らせ、舐《ねぶ》り、甘噛みし、吸い上げる。

一度極めて過敏になった武藤は、何をされても感じてしまい、刺激の強さに悶《もだ》え、啜り泣きした。久禮は手を抜かず、あらゆるところに触れて回り、武藤を甘く責め立てた。

口淫されて、隅々まで舐め、しゃぶられた陰茎は、たちまち二度目を久禮の口に放って果てた。

肩を揺らして喘ぐ武藤の脚の間に腰を入れた久禮は、大きく股を開かせ、さらに両脚を抱えて胸に付くほど折り曲げさせた。

尻がシーツから離れて上向きになり、窄《すぼ》んだ後孔が露になる。

武藤は羞恥のあまりジッとしていられず腰を揺すって身動《みじろ》ぎした。だが、久禮に両脚を押さえ込まれているので、たいした抵抗にはならない。

ぬるりとした弾力のあるものが、折り畳まれた襞《ひだ》に触れてくる。

「……っ、あ……っっ」

武藤はビクンッと大きく身を震わせ、熱く火照った顔を仰け反らせた。

尖らせた舌先が躊躇いもなく中心をこじ開け、ググッと中に捻り入れられる。

「いやだ……それ。智宏っ」

いくら綺麗に洗っていても、こんなふうにされると、どうにかなってしまいそうなほど動揺する。恥ずかしさで死にそうだ。心臓はもうずっと鼓動を速めっぱなしで、全身にうっすらと汗を掻いている。

久禮は聞こえないかのごとく武藤の哀願を無視し、舌と口で恥ずかしい部位を解《ほぐ》し、寛げる。深く差し入れた舌に唾液を伝わせ、筒の中もしとどに濡らす。

「もう、いい。十分だ」

武藤は久禮の頭に手を掛け、股間から離れさせようとした。

せめて指でして、と頼む。

久禮は顔を上げると、唾でふやけて柔らかくなった窄まりを指で突き、広げ、弄りだす。

はじめから武藤を抱くつもりだったらしく、潤滑剤まで用意していて、後孔と指にたっぷり施し、二本同時に入れてきた。

「はっっ、あ、あっ……！」

ズズズッと狭い管の内側を擦り立て、節のある長い指が武藤の中を埋めていく。

「うう……っ、く……、うっ……きつっ」

後ろを使うのは久しぶりすぎて、武藤は喘ぎと呻きを交互に洩らす。

「痛いか」

「だい、じょうぶ」

痛みよりもジンジンする疼きのほうが強く、それは快感に近かった。窮屈なところを深々と抉られ、みっしりと塞がれる感覚は、苦しくもあるが、満たされた気にもなって、やめてほしいとは思わない。

二本の指を付け根まで穿《うが》ち、太さと長さに馴染《なじ》ませると、それを動かしてスムーズに抜き差しできるまで慣れさせる。

まだ指で準備を施されている段階で、武藤は三度達してしまった。

後孔を三本に増やした指で突かれ、同時にまた兆《きざ》していた前を口でしゃぶられ、先端の隘路《あいろ》に舌先を挿《さ》して擽られると、もう、我慢しきれなかった。

嬌声を上げ、胴震いしながら、薄くなった精液を自分の腹の上に浴びせて果てた。

さすがにもう無理だと訴えたが、久禮は「まだだ」と突っぱね、三本同時に指を抜くと、スウェットパンツを下ろして己の猛った陰茎をようやく武藤にあてがった。

粘りの強い潤滑剤を自分自身と武藤の秘部に塗《まぶ》し、指で襞を広げながら硬くエラの張った先端を肉の穴にズプッと突き入れる。

「ううう っ、……あ……う」

「……慣らしたつもりだが、おまえ、相変わらず締まりがよすぎる」

喋られると、繋がった部分を通して、武藤の体に結構しっかりと振動が伝わり、武藤はそんなことにも感じて喘いだ。

棍棒のように太く長いものが武藤の中にゆっくりと入ってくる。

「あっ、あっ、あっ」

武藤は上擦《うわず》った声を上げ、久禮の首に両腕を巻きつけ、縋りつく。

肩の傷に肘が当たり、息を荒らげたまま「ごめんっ」と咄嗟に謝ったが、久禮は凄絶に色っぽい顔をして、黙って首を横に振っただけだった。

武藤の中を久禮の体の一部が隙間もないほどみっしりと埋める。

尻に久禮の頑健な腰が当たり、武藤にも全部入ったことがわかった。

「啓吾」

久禮に名を呼ばれ、武藤は情の籠《こ》もった響きにはにかみそうになる。

「動いて、いいよ。僕はもう……ムリだけど」

「言っておくが、一度で終わると思うなよ」

えっ、と武藤は目を剝《む》きかける。

久禮が武藤の腰に両手を掛け、がっちりとホールドする。

そうしてずらせないように固定して、最奥《さいおう》まで穿った剛直を引きずり出し、突き戻す。

衝撃の強さに武藤はシーツを引き摑んで悲鳴混じりの嬌声を上げた。

あとはもう、よく覚えていない。

何度も何度も角度を変えて奥を突かれ、擦り上げられ、卑猥《ひわい》な水音を聞かされながら抽挿《ちゅうそう》し続けられた。

久禮が武藤の奥に放って極めたとき、あろうことか武藤もまた達してしまい、僅かの間ではあったが、意識が飛んだ。もう出せるものはなく、射精の際に味わう法悦だけが長く続き、たまら

なかった。

気がつくと、久禮の腕に抱かれ、髪を撫でられていた。

目を開けた武藤に、久禮は面映《おもは》ゆそうに口元だけ綻ばせ、ボソリと言った。

「おまえは強い。俺が来るまでもなかったようだな」

「いや。来てくれて嬉しかった。今も嬉しさとありがたさを噛み締めている」

武藤は本心からそう返す。

「……そうか」

ならよかった、と久禮は先ほどよりもっと低めた声で呟く。

お互い、先の約束はしない。

この関係に意味を持たせることもしない。

ましてや、わかりやすく名称を付けるなどもってのほかだ。

それが自分たちらしいと、武藤はあらためて思った。

あとがき

武藤啓吾は、情熱シリーズの「艶乱」にて初登場した人物です。東原辰雄の狙撃を依頼されて来日し、仕事を片づけたあと、しばらく骨休めするつもりでプーケットに飛びました。そこからの話が本著に収録されている一話目になります。

このスピンオフシリーズは、2017年から2020年まで、年一のペースで小説ビーボーイ誌で書き繋いできたものです。一話一話は原稿用紙四十枚から六十枚程度の読み切り短編で、最初は余談のような感じで、仕事していないときの武藤を書いていたのですが、最終的にはやっぱりライフルを握っていて、書き下ろしではトラブルに巻き込まれる流れになっていました。

今回、一冊に纏めていただくにあたり、あらためて過去四年間にわたって書いてきた話を読み返し、武藤を初めて登場させた「艶乱」も再読したのですが、自分でも意外なくらい「艶乱」のときとは印象が変わっているように感じられ、これが脇キャラとして書いたときと、主人公にしたときの捉え方の違いなのか、と我ながらびっくりしました。

「艶乱」をご存知なくてもこの本単体でお読みいただけますが、ご興味があれば「艶乱」もお手に取っていただけますと幸いです。「艶乱」に出てくる武藤は他の仕事に対するときとは違い、東原や恋人の貴史にはかなり接近します。よほど関心が深かった模様です。

なにはともあれ、武藤の話をこうして一冊に纏めていただけて感無量です。

ＢＬ作品としては少々イレギュラーな部分のあるこのシリーズを、一冊の本にしてくださった編集部様に、そして、なにより、応援してくださる読者様に、深く感謝いたします。本当にありがとうございます。

イラストをお引き受けくださいました円陣闇丸先生。雑誌掲載時から素晴らしい扉絵を描いていただき、武藤の色っぽい姿を見るたびに妄想を掻き立てられておりました。今回、カバーイラストで初めて色付きの武藤を見せていただけて眼福です。めったにお目にかかれない戦闘服姿にクラクラしました。お忙しい中、ありがとうございました。

武藤啓吾は基本ひとりで行動するのをモットーとしており、特定の人と親密な関係になるつもりはないと自分自身信じている、そして自制もしていると思うのですが、本著を最後までお読みいただくと、この先は果たしてそれを貫き通せるのか、ちょっとわからなくなってきたなとお感じになる方もおられるのではないでしょうか。

私も、ひょっとすると武藤は若干生き方を変えることになるかもしれないなぁと思いながら、「狙撃手の流儀」を書き下ろしました。そうなっていく武藤を想像するのも、また楽しいです。

今回あとがきが六枚必要とのことでしたので、おまけのショート小説を書かせていただくことにしました。最後にお楽しみいただけますと幸いです。

それでは、こちらで一旦締めさせていただきます。また次の本でお目にかかれますように。

遠野春日拝

一年ぶりの帰国

阿佐ヶ谷駅近くのオフィスビルを見上げた武藤《むとう》は、四階に見知った名称の袖看板が掲げられているのを確かめ、自然と笑みを浮かべていた。

前回ここを訪れたのは一年前だ。

東日本最大の組織と言われている川口組の若頭、東原辰雄《ひがしはらたつお》の恋人は、今も変わらず弁護士事務所を構えて堅実に働いているらしい。彼、執行貴史《しぎょうたかふみ》には、そのままでいてほしいと願う気持ちがあったので、他人事ながらホッとする。

昼過ぎに成田に着き、新宿のホテルにチェックインして一休みしたあと、わざわざJR中央線に乗ってここまで足を伸ばした。それというのも、あの真面目そうな弁護士さんはどうしているかなと、もう一度顔を見たくなったからだ。用はないが挨拶だけでもしていこうと思い、武藤はビルの中に入っていった。東原を撃った張本人だと知っているなら、絶対にいい印象は持たれていないだろうし、恨まれている可能性もある。帰ってくれと追い払われても仕方ない立場だが、そのときはそのときだ。昔から武藤は、悪びれずににっこり笑って我を通すが憎めない、とよく言われる。それでなくても、貴史はなんとなく武藤と冷静に向き合ってくれそうな気がする。

一基しかないエレベータはちょうど四階に上がったままになっている。呼ぶのが面倒だったので階段を使って『執行貴史法律事務所』のあるフロアに行った。

このビルは各階に一社ずつ入っており、エレベータが四階で止まっているからには先客がいるかもしれない。その可能性も頭の片隅に置いて、磨りガラスの扉を引く。

「わっ、すみません！」

開けた途端、たまたま事務所から出ようとしていた男性と鉢合わせする格好になり、びっくりして目を丸くした相手から謝られる。

「こちらこそ、失礼しました」

武藤も詫びて返す。

その直後に、受付カウンターの傍に立っていた貴史に気づいた。

「大丈夫ですか」

貴史が、帰るところだった男性と、新たに訪れた武藤の双方に向けて、心配した声をかける。

次の瞬間、貴史は、今来たばかりの客が、一年前二度顔を合わせたことがある武藤、いや、そのときは棗雅弘《なつめまさひろ》と名乗っていたので、棗だと認識したようだ。ハッとして目を瞠る。

「あ、おれは大丈夫です。それじゃあ、またあとで」

目の前にいた男性が貴史を振り返って爽やかに言い、武藤にもあらためて会釈し、先に外に出る。擦れ違うとき、ふわりと清潔感のある香りがした。トワレの類いではなく、きちんとアイロンを当てた洗い立てのシャツの匂いだ。感じのいい好青年で、どうやら貴史と個人的に懇意にしているらしい。喋り方と態度から武藤はそう察した。

「ええ。遥《はるか》さんと冬彦《ふゆひこ》くんにもよろしく言っておいてください」

了解です、と応じて先客の綺麗な男性は止まっていたエレベータに乗り込む。

なんとはなしにそれを見届けてから、武藤は事務所に足を踏み入れた。

貴史も武藤を迎えるようにその場で待ってくれている。

「えっと……棗さん、ですよね」

いくぶん戸惑ってはいるようだが、貴史はしっかりした声で、自分のほうから武藤に話しかけてきた。東原が撃たれた一件と、あの頃突如自分の前に現れ、ちょっかいをかけてきた棗がまったく無関係だとは考えていないだろうが、事態をどこまで把握しているのかは推し量りにくい。向き合った感触としては、恨まれたり憎まれたりしてはいないように感じる。恐れられている節もない。もう会うことはないだろうと思っていたのに、まさかまた訪ねてくるとは、と意表を衝かれた感じだけが濃く伝わってくる。

「光栄だな。名前まで覚えてくれていたんですね」

武藤は屈託なく貴史に笑いかけた。

「棗さん、とお呼びしていいのであれば、そうお呼びしますけれど」

落ち着き払った静かな口調で、貴史は武藤の肌を粟立たせるような発言をさらっとする。

武藤は思わず目を細め、まいったなぁという顔をしてみせた。実際心臓が一瞬ヒヤリとした。同時に、小気味よさと愉しさも湧かせていた。

「やっぱり執行先生はいいな」

「どこにでもいるただの弁護士ですよ」

貴史は謙遜しているつもりなどなさそうに淡々と言う。

「知り合いには、普通とは言い難い人たちがたくさんいますけれど」

「さっきの綺麗な方も？」

今し方出て行った美青年のことを聞いてみたが、貴史は武藤を探るような眼差しで見つめただけで答えなかった。さすが口が堅い。武藤はますます貴史に好感を持った。

気を取り直して話題を変える。

「久々に日本に戻ってきたので、先生はお変わりないかなと顔を見に寄っただけです」

「そうでしたか。ありがとうございます。今のところは変わりないです。ですが、この事務所は今年いっぱいで畳むことにしましたので、来年ここに来られても、もうありません」

「おや。では今回来たのは正解だったわけですね」

貴史はフッと小さく息を洩らし、武藤をこのまま追い返すのは忍びないと思ったのか、

「せっかくですから、お茶でも飲んで行かれますか」

と勧めてくれた。

「ええ。よろこんで」

武藤の返事はむろん決まっていた。

◆初出一覧◆

狙撃手の休暇 ～アンダマン海の真珠にて～／小説ビーボーイ（2017年冬号）掲載
INTERMISSION ～狙撃手の幕間～／小説ビーボーイ（2018年秋号）掲載
テキサスにて ～狙撃手の調整～／小説ビーボーイ（2019年春号）掲載
闇夜に霜の降るごとく ～狙撃手の再会～／小説ビーボーイ（2020年春号）掲載
狙撃手の流儀／書き下ろし

ビーボーイノベルズをお買い上げいただきありがとうございます。
この本を読んでのご意見・ご感想をお待ちしております。

〒162-0825 東京都新宿区神楽坂6-46
ローベル神楽坂ビル4F
株式会社リブレ内 編集部

アンケート受付中
リブレ公式サイト　https://libre-inc.co.jp
TOPページの「アンケート」からお入りください。

BBN
B•BOY NOVELS

狙撃手武藤啓吾の華麗な流儀

2021年3月20日　第1刷発行

著　者――遠野春日

発行者――太田歳子
発行所――株式会社リブレ
〒162-0825　東京都新宿区神楽坂6-46ローベル神楽坂ビル
営業　電話03(3235)7405　FAX 03(3235)0342
編集　電話03(3235)0317
印刷所――株式会社光邦

この書籍の用紙は全て日本製紙株式会社の製品を使用しております。

Printed in Japan
ISBN 978-4-7997-5196-1